ALAIN VIRCONDELET

LA TRAVERSÉE

FIRST
Editions

60, rue Mazarine
75006 Paris – France
Tél. : 01 45 49 60 00
Fax : 01 45 49 60 01
Courriel : firstinfo@efirst.com
Internet : www.editionsfirst.fr

ISBN : 978-2-7540-1874-6
Dépôt légal : janvier 2012
Imprimé en France

Ouvrage dirigé par Benjamin Arranger
Secrétariat d'édition : Capucine Panissal
Correction : Ségolène Estrangin
Mise en page : ReskatoR

« Faut-il donc que ces Français laborieux, isolés dans leurs bleds et leurs villages, soient offerts au massacre pour expier les immenses péchés de la France colonisatrice ? »

Albert Camus, *L'Algérie déchirée*

« Entre la métropole et les Français d'Algérie, le fossé n'a jamais été plus grand. Pour parler de la métropole, tout se passe comme si le juste procès, fait enfin chez nous à la politique de colonisation, avait été étendu à tous les Français qui vivent là-bas. À lire une certaine presse, il semblerait vraiment que l'Algérie soit peuplée d'un million de colons à cravache et à cigare, montés sur Cadillac. »

Ibid.

Il n'y a pas de trêve à cette histoire. Rien ne peut l'apaiser ni l'adoucir. Elle revient et elle harcèle la mémoire. C'est d'elle que j'écris. D'elle que je comprends le monde. D'elle que je peux aimer, admirer, espérer. Cinquante années qu'elle poursuit les miens. Les héritiers de ces colons venus de tout le bassin méditerranéen, de la France rurale et ouvrière, des contrées froides de l'Est et du Nord, de tous ces hommes et ces femmes qui découvrirent un monde nouveau, aux forces sauvages, beau et violent à la fois, brûlé par un soleil qu'Albert Camus disait « invincible ». Je connais par cœur leur petite épopée, misérable et grandiose. Je n'ignore rien de leurs coutumes et de leurs langages. Je suis, comme eux, de cette terre, de ce pays, de cette race née du soleil et du courage.

Il y eut d'abord cette traversée en bateau, fixée à jamais dans la mémoire. Ces bouillons d'écume qui fendaient la mer et dans lesquels se sont engloutis la ville, les côtes, les paysages, toute l'Algérie. Et puis il y eut d'autres traversées, plus sourdes, plus secrètes. Recommencer, recoudre l'histoire interrompue, rejoindre des terres inconnues et inhospitalières, remiser les souvenirs qui ne voulaient cependant pas s'effacer, tisser de nouveaux liens, traverser d'autres espaces. La mémoire pioche dans le grand album de la colonisation. Elle trouve toujours des histoires de traversées, de départs, des aventures incroyables où ceux qui partaient de France, cette fois-là croyaient trouver des terres nouvelles et riches. Des histoires d'un autre siècle et de pionniers, qui ressemblaient à une autre ruée vers l'or. Et toujours étaient rapportés le harcèlement des indigènes et, en retour, le récit des razzias nocturnes, des massacres dans les fermes isolées. C'était bien avant le début de la vraie guerre en 1954. Déjà au temps lointain de la conquête militaire en 1830, puis en 1848, en 1870 quand les grands flux migratoires déversèrent sur les côtes algériennes leurs flots de pauvres et de voyous, de révoltés et de bannis. Plus que jamais flottait alors l'ombre tragique de l'utopie.

20 juin 1962. C'est une journée inconsolable. Pourtant un jour de juin étincelant. Le ciel est bleu, d'azur. Pas un nuage. La ville se découpe précisément, presque trop. On traverse la ville dans notre voiture, une Dauphine blanche, au petit matin. Tout est à sa place. Les avenues, les immeubles, les squares, le front de mer, en bas, la rade, le môle. On descend du boulevard de la République la longue rampe qui mène sur les quais. L'agitation est extrême, mais, étrangement, il n'y a pas de bruit. Tout le monde s'affaire, descend de voiture, d'autocar, traîne des valises. Des petits porteurs se risquent à proposer leurs services, des marins, des employés de la compagnie maritime vont, viennent. Le silence est total. Inquiétant. Très près, le *Ville d'Alger*, comme un monstre énorme attaché à de grosses cordes. À l'embarcadère, des gens s'accrochent aux barrières pour être sûrs de partir. La lumière d'été est partout, immaculée, presque immatérielle. Je porte deux valises trop lourdes pour moi.

J'ai 15 ans. Je les traîne comme un fardeau. Plus lourds que tout ce qu'elles contiennent : une détresse, un chagrin enfouis dans les vêtements, dans les objets. Un fardeau mais aussi une grâce.

La mémoire de ce jour est ineffaçable. Il ne peut y avoir de répit à ses intrusions. C'est une histoire d'occupation. Comme on parle d'un pays occupé. Rien ne peut en distraire le siège. Elle est là, obsédante, comme ce paquebot, à la proue tranchante telle une lame, indifférent à tout, implacable. Tant d'années après, elle ne peut se résoudre à s'effacer, à céder la place aux autres souvenirs. Depuis ce jour, je sais que rien ne sera jamais plus comme avant. Avant : la douceur d'Alger, la lumière dorée qui s'affale vers 11 heures du matin, les jours d'été, la promesse des plages et des bains de mer, les odeurs de jasmin et d'oranger, et la baie qui embrasse de ses deux bras, comme une mère. Pendant la traversée, je regarderai souvent le sillage du bateau fendant la mer. Ces sillons d'eau : les traces indélébiles de cette histoire.

Donc juin 1962. Ce petit matin-là, d'aube laiteuse, est le dernier sur cette terre. Ma mère parle de la douleur des exils. Elle dit qu'il faut s'y préparer pour qu'elle soit supportable. Je n'en connais pas encore les prémices. Mais je vois bien que quelque chose a déjà changé. La certitude, plus encore, la compréhension, secrète, palpable, que la ville, bientôt, va s'engloutir dans la mer, et que c'est là, peut-être que commencera l'exil, dans l'absence des repères, dans une autre vie, inconnue désormais, étrangère.

Je me souviens d'avoir pensé que je ne pourrais pas dormir la veille du départ. C'était la dernière nuit. Il fallait absorber tout ce qui fait la beauté d'Alger, ses senteurs, ses étoiles dans le ciel pur, la force de ce bleu nuit qui lui est si juste. Mais le sommeil rattrape le désir, je m'effondre en lui. A-t-on jamais assez dit son pouvoir d'enfouissement ? Tout va trop vite. Les heures filent et emportent tout avec elles. Tout passe et se vit, hier dans la splendeur dorée de la ville, aujourd'hui dans la foule muette et anéantie qui s'en va. Vers où ? Vers quoi ? Toutes les nuits, la ville a sursauté malgré le cessez-le-feu officiel, et jusqu'au jour funèbre du départ : des explosions, des bombes au plastic détruisent les commerces arabes, des édifices publics, des cinémas. Je ne fais plus attention aux bruits, aux sirènes d'ambulance, aux voitures de police qui traversent la ville déserte. Plus aucun Arabe ne s'aventure dans les quartiers français au risque d'être abattu. Secrètement, « ils », ceux que nous appelions approximativement et indistinctement les Arabes, les ennemis, les fellaghas, promettent des vengeances terribles, des assassinats collectifs. On sait cela, mais on n'a plus peur. On pourrait même aller à la plage, goûter à la fraîcheur des premiers bains, aux douceurs des pique-niques sous les pins. On descend dans la matinée tous les jours pour acheter du pain. Ma mère a fait des provisions, comme si elle allait soutenir un véritable siège, elle dit que tout ce qu'elle a acheté ne lui servira plus, qu'elle le donnera à ses voisins. Elle dit cela sans pleurer, sans se plaindre. L'idée de partir est acceptée.

Les jours qui ont précédé le grand départ se passèrent ainsi : sans cris, sans regrets, presque dans l'indifférence. C'était comme une nausée, extrême, une chose irréalisable, atteinte. Une indifférence inconsciente. Longtemps on crut à la douceur d'aller « là-bas vivre ensemble ». Là-bas, c'était la France, comme en France on disait que nous habitions « là-bas ». C'était toujours une histoire de rives, de savoir de quel côté l'on était, et l'autre habitait forcément là-bas. Ainsi, certains Français de métropole ne disaient jamais « l'Algérie », mais « là-bas » justement, comme s'ils voulaient s'éviter de lui donner une identité, de la reconnaître. C'était un monde lointain que la mer séparait, inconnu, mystérieux, inquiétant sûrement. Méprisé mais envié aussi.

Cette idée de l'identité était un vrai problème. On ne savait jamais à vrai dire qui nous étions : des Français, des Algériens, une autre race, comme disait Camus, faite de soleil et de lumière, dotée d'une énergie singulière, d'une violence lovée au fond de nous, et aussi d'une naïveté qui faisait penser à celle des sources, des origines. Aucun d'entre nous n'ignorait la mauvaise image que les Français pouvaient avoir de nous : peuple bâtard, peuple d'immigrés, partis comme des loqueteux de toutes les rives de la Méditerranée pour fonder une colonie, peuple de bagnards et de prostituées envoyé là-bas pour se racheter, peuple d'illettrés et de communards, d'anarchistes et de voyous, capables de tout, peuple d'exploiteurs et de racistes… Nous connaissions bien la litanie des Français, ce regard condescendant qu'ils jetaient sur nous, et cette morgue qu'ils affichaient quand nous venions en France pour les vacances d'été. Pour autant, nous ne pouvions nous rapprocher vraiment des Arabes, inassimilables avec leurs rites et leurs mœurs, leurs usages domestiques et surtout leur religion qui définitivement nous séparait d'eux. La cohabitation était étrange, presque schizophrénique, mais nous savions tous que l'on faisait partie de cette même terre et que nous en éprouvions les mêmes émois, les mêmes transports. On était frères, le plus souvent ennemis, condamnés à être ensemble et en même temps nous acceptant mutuellement. Jusqu'au jour fatal de la Toussaint 1954, quand tout commença, les meurtres et les tortures, les mutilations et les égorgements, toute cette souffrance sous le soleil, dans la douceur des nuits d'été, dans le sillage des parfums d'oranger et d'amandier, ces enfants fracassés contre les murs et jetés dans les sillons des vignobles, au cœur de la Mitidja, dans la douceur des campagnes…

On nous appelait « pieds-noirs », ne sachant jamais d'où venait cette appellation : étions-nous comme ces petits passereaux affublés du même surnom et qui, en hiver, migrent vers des mers plus clémentes, ou bien ces ouvriers qui, les pieds dans le charbon, entretenaient les chaudières des bateaux ? On était d'ici, sensibles à tous les parfums de l'Algérie, lourds et capiteux, à tous les aveuglements du soleil quand il rase la surface de la mer et l'argente en frémissant. Et puis on était de là-bas, de France, de son histoire, patriotes comme pas un seul métropolitain pouvait l'être, fiers de ce pays et de ses conquêtes, de ses poètes et de ses savants, de ses monuments et de ses paysages. On était plus français que les Français. Amoureux de la France. On croyait qu'elle était notre mère commune, qu'elle nous protégerait toujours, qu'elle saurait nous accueillir de sa tendresse. On avait cette innocence-là, cette certitude. Cette illusion.

Alger cependant est indifférente à tout. Le temps fait sa route, sans se préoccuper du malheur de quiconque. Il avance. Aujourd'hui, la ville voit partir les fils de ceux qui l'avaient construite. Bientôt, dans quelques jours à peine, elle sait qu'elle retrouvera sa joie de vivre, que la liesse des fêtes de l'Indépendance embrasera ses rues et ses jardins. Elle accueillera les vainqueurs, on la parera d'autres drapeaux, on la colorera en vert, on peindra tous les volets en bleu, on passera tous les murs à la chaux. Tout passe et se renouvelle. Depuis le square Bresson, qui domine le port et la rade, c'est la même agitation des jours d'été. Les navettes avec la France, avec l'Espagne, en apparence comme d'habitude. Les voyageurs n'ont qu'une ou deux valises, pas plus que leurs bras ne le leur permettent. Mais cette fois-ci, ils ne reviendront pas. Ils ne verront pas au loin les côtes se dessiner, dans la lumière un peu blanche des journées chaudes. Ils ne pleureront pas de la même manière car toujours, c'est une émotion immense que de voir venir à soi la ville avec ses collines et ses maisons en étages, et son front de mer aux bâtiments bien alignés, et tout ce ruissellement de maisons qui ressemblent de loin à des troupeaux de chèvres posés aux flancs des collines.

À chaque retour de France, c'était la même histoire secrète et profonde : on sortait des cabines pour remonter aux ponts supérieurs et là, accoudés au bastingage, on voyait Alger ouvrir ses bras. Et cela faisait pleurer, on ne savait pas pourquoi au demeurant. Ce n'étaient pas des pleurs de joie, plutôt des pleurs qui venaient de très loin, comme une consolation à tous les malheurs de la vie. C'était ça Alger, une terre, une mère, quelque chose d'unique. Une étoile qui brillait.

Notre voisine en nous entendant partir, tôt ce matin, a entrouvert sa porte.

— Depuis 5 heures, je ne dors pas, dit-elle. Je guettais. J'avais peur que vous partiez sans que je puisse vous dire au revoir une dernière fois.

Elle retourne dans sa cuisine, va chercher une casserole d'eau. Tandis que nous descendons les escaliers, elle verse l'eau sur les marches.

— Comme ça, vous reviendrez, rajoute-t-elle. Chez nous, on fait ça, pour porter bonheur.

Puis elle nous rejoint dans le hall de l'immeuble. Elle nous embrasse, elle pleure. Ma mère lui dit :

— Pourquoi tu pleures ? Tu devrais être heureuse maintenant. Tu as un pays à toi.

Elle répond :

— Ça va être différent. J'ai peur, madame, j'ai peur.

Alors elle plonge une main dans la poche de son tablier, et elle en ressort un petit paquet entouré de papier journal.

— C'est pour toi, dit-elle à ma mère. Prends, porte-les, et tu penseras à l'Algérie.

Ma mère est surprise, elle ne sait pas au juste ce que contient le paquet. Elle le prend, sans l'ouvrir. Mon père nous presse : il faut partir. Être parmi les premiers dans la longue file de rapatriés. Arrivés sur les quais, on attend. On nous dit de patienter au moins quatre heures sans être sûrs d'embarquer tant il y a de voyageurs. Ma mère se désespère. L'angoisse monte, coupe la gorge, la brûle. Pour tuer le temps, elle ouvre le paquet de sa voisine. Des colliers de corail et d'argent surgissent comme dans une apparition. Tous ses bijoux, en vrac, dans du papier journal ! Cinquante ans plus tard, elle les porte toujours. Le souvenir d'Aïcha, la voisine d'Alger, est encore présent. On se souvient toujours de ses sanglots et de ses craintes. De cette fierté d'être désormais une citoyenne algérienne et en même temps de ce malaise logé au fond d'elle, inexpliqué, comme si quelque chose de familier, d'affectueux aussi, venait de la quitter, et qu'elle se retrouvait désormais seule, avec les siens, déliée de cette étrange proximité avec les Français à laquelle elle s'était finalement habituée.

Car enfin, que sait-elle des vainqueurs ? Que vont-ils vraiment faire du pays ? Elle se rendait compte qu'aucun d'entre eux n'avait parlé de l'après-guerre. De la manière dont le pays serait conduit. Servi ou bien confisqué ? Ils n'avaient parlé au peuple que pour lui demander de servir la cause FLN, certains même s'étaient aventurés à le menacer, à l'inquiéter parce qu'il ne s'engageait pas assez dans la lutte. Il y avait même eu des représailles, des meurtres pour l'intimider. Un soir Aïcha avait dit à ma mère : « Et si la guerre avait servi à ça : nous soumettre ?... » La question sans réponse avait laissé un malaise, une angoisse. À l'heure du grand départ, elle prenait encore plus de sens, plus de force. Mon père, dans la longue file des voyageurs, dit que l'heure de vérité allait maintenant commencer. Les masques auraient tôt fait de tomber. On saurait très vite comment l'Indépendance tournerait. Il y aurait la saison des fêtes, de la liesse populaire. Elle serait, c'est sûr, exubérante, chaleureuse. Il y aurait des cortèges enflammés, des camions bondés, des youyous qui déferleraient comme des vagues sur les boulevards, lancés vers la mer par des femmes innocentes et illettrées, des processions bariolées de couleurs et de drapeaux, des chants révolutionnaires et des fanfares, des cars entiers remplis de paysans venus du fin fond des douars et qui n'étaient jamais venus à Alger... Il y aurait des discours ronflants et exaltants. Et puis il y aurait des lendemains soudain silencieux, des mises au pas, des décisions de justice, des règlements de compte, et la terreur recommencerait, il y aurait un pays vidé de ceux qui le faisaient vivre, et il faudrait bien cependant qu'il continue à vivre. Dans quelles mains tombera-t-il ? Mon père dit encore que beaucoup d'Algériens comme Aïcha se posent intérieurement la question. Ils n'osent pas la poser à haute voix ou dans la presse. La censure commence chez soi.

La peur revenait malgré la victoire. Elle est déjà là dans ce petit matin d'Alger. En apparence si clément, si doux, si lumineux. C'est un matin abandonné. Des hommes et des femmes partent. D'autres restent. On pourrait croire les vainqueurs heureux. Ils ne le sont pas pourtant. Ils savent que le nouveau monde qui s'installe ne les rendra ni plus riches ni plus heureux. C'est un petit matin de lumière. Mais en réalité c'est la nuit qui tombe.

Dans ces temps transitoires, on ne sait pas forcément comment se déroule la conscience, d'où viennent les images du passé, comment s'échafaudent les souvenirs, se déplie la mémoire. On a l'impression d'un temps qui file, inexorable et implacable, réglé comme du papier à musique. On ne sait pas de quoi est fait ce temps qui ne nous appartient plus, mais auquel on est obligé de se rendre, et c'est après, quand tout est fini, que le bateau a tout emporté, que commence la petite musique de l'exil, un petit air lancinant, plutôt grave, semblable à celui qui s'échappe des flûtes de roseau et que jouent les petits bergers arabes dans les champs arides de Kabylie. Un air grave et grêle à la fois, insolite dans la beauté du paysage, un air abandonné à la solitude, ignoré de tous.

Les dernières nuits d'Alger se passèrent ainsi de manière étrange, presque somnambulique : l'échéance approchait à chaque heure davantage, chacune d'elles nous amenait plus près du quai, on y allait « besiff », comme on disait, c'est-à-dire « par force », « obligés », parce que nous ne voulions pas de ce départ. Mais les provocations, les insultes sur notre passage, les ricanements, les assassinats même, devenus monnaie courante, nous l'imposaient. Il fallait partir, c'était entendu. Mais après ? Comment faire ? Où aller ? où s'installer ? On partait sans point de chute, sans maison, sans affaires, sans meubles, sans trop d'argent... On partait quand même.

Les derniers jours étaient vécus dans la hâte, comme s'il fallait en quelques heures rassembler toute une vie, surtout ne rien oublier des papiers administratifs, et puis de cette longue proximité avec le pays, cet attachement viscéral, un lien à jamais indéfectible. Dans la rue, depuis les accords d'Évian, des Arabes se disaient chez eux, l'impunité était totale, ils sortaient dans la ville européenne, ostensiblement, entraient dans les dernières boutiques françaises, prenaient des articles et ressortaient sans payer, en riant. L'esprit de vengeance, surtout dans les jeunes générations, était palpable, mesurable à l'arrogance des regards, aux gestes déplacés envers les femmes, aux crachats que certains lançaient sur notre passage. Ma mère ne voulait plus sortir, elle se félicitait d'avoir encore des provisions, restes du siège qu'elle avait pensé tenir pendant le blocus de Bab-el-Oued. Elle refaisait les gestes que je l'avais toujours vu faire, la semoule roulée dans la *kesra* de terre cuite, les beignets eux aussi roulés dans le sucre cristallisé (« plus ça crisse sous les dents, meilleur c'est », disait-elle), les *cocas*, sorte de chaussons fourrés de tomates et d'anchois, et les *fritas* de tomates et de poivrons sur lesquelles étaient cassés des œufs. Elle disait encore que rien ne l'empêcherait d'aimer ce pays où elle aussi était née, de faire sa cuisine et surtout de continuer à vivre comme « avant ». « Avant » : c'était bien le mot magique, paré de mille bonheurs, de mille vertus. « Avant », pour dire une Algérie que déjà l'on mythifiait, une Algérie qui aimait tous ses habitants, les réunissait dans son même amour, une Algérie qui, par ses dons naturels, faisait penser à un petit paradis, une terre prodigue, lumineuse. Un monde à part, comme une île intouchée.

Mon père avait tenu à se rendre absolument sur la tombe de sa mère, au cimetière de Saint-Eugène. Dernière visite qu'il vivait comme un abandon, une lâcheté. Nous y allâmes, malgré les dangers, mais le cimetière, ces jours-là, était très visité. Tous les futurs rapatriés allaient se recueillir sur la tombe de leurs aînés, porter de grandes brassées de fleurs, comme pour se faire pardonner de les laisser là, à la merci de ceux qui, une fois qu'ils seraient partis, ne manqueraient pas de profaner les tombes, d'en récupérer les dalles de marbre, les objets funéraires. Il fallait monter haut sur la colline, où se trouvait la tombe de ma grand-mère. Pendant la guerre, nous avions l'habitude d'y aller régulièrement, tous les dimanches, comme un rite, après la messe, avant le déjeuner dominical… Il fallait longer la grande allée bordée de sépultures prestigieuses, de vrais mausolées, de petites chapelles néogothiques, puis par un dédale de petites voies, l'on arrivait au haut de la colline qui dominait toute la mer à

180 degrés. C'était un paysage admirable, immergé dans un bleu limpide, au-dessus de nous, la basilique Notre-Dame d'Afrique ruisselait de ses mosaïques dorées, de ses bulbes cloutés d'émaux bleus. Après avoir fleuri la tombe ceinte d'une ferronnerie, nous sommes restés là, à regarder la mer, toute l'immensité de la mer, et cette lumière inouïe qui envahissait tout, embrasait la baie entière. Il n'y avait plus de chalutiers depuis des semaines qui cabotaient le long des côtes, plus de petits bateaux de marins qui s'en allaient chaque matin pêcher de la friture, la mer était rendue à elle seule. Il y avait quelque chose d'antique et de solennel dans cette immensité solitaire, quelque chose de royal, d'un bleu et d'un or intouchés, et qui donnait l'impression d'être plongés au cœur d'un royaume enchanté.

Une fois les fleurs déposées et après nous être recueillis, l'on descendait les marches pour revenir dans l'allée centrale bordée de cyprès. La descente était silencieuse, chacun de nous pensait à la gravité du moment, à l'intensité de ce que pouvaient être la dernière prière, la dernière vision de la tombe aimée. Dehors, c'était une animation étrangère, on ne reconnaissait plus le quartier, déjà les Arabes avaient tout envahi, ils marchaient en vainqueurs, leurs regards en apparence impassibles étaient narquois cependant. On feignait de ne rien voir, cherchant surtout à ne pas les croiser, de peur d'une altercation. On avait endossé une posture de vaincus, elle s'était même imposée à nous sans que nous l'ayons recherchée. Ma mère cependant tentait de réagir positivement.

Elle parlait de la France, de notre future vie, des nouveaux paysages que l'on allait découvrir, des nouveaux climats auxquels il faudrait bien s'adapter. Elle disait que nous étions de la race des pionniers, que nos ancêtres avaient su transformer des marécages boueux en orangeraies odorantes (elle disait « odoriférantes », mot dont la résonnance biblique lui plaisait), qu'il fallait toujours se souvenir de cela, de ces terres inhospitalières devenues des vergers. « C'étaient tes ancêtres, me disait-elle, tu as hérité d'eux. On est des bâtisseurs. Rien ne doit nous faire peur… » On finissait par en rire, par se prendre au jeu de la nouvelle donne, on disait croire à des lendemains délicieux dans les bras maternels de la France, à l'aide des Français… On faisait semblant d'y croire, mais on avait perdu confiance. De Gaulle et tous ses ministres nous avaient trahis : « Il n'y a que nous maintenant, disait mon père, nous seuls pour recommencer. »

La guerre continuait malgré le départ des Français. L'Armée secrète mettait ses menaces à exécution, appliquait systématiquement sa politique de la terre brûlée. Ses messages radio étaient menaçants, nous ordonnaient de rester, de continuer à résister. Toutes les nuits jusqu'à la dernière passée en Algérie, des bombes éclataient, faisaient sauter magasins et édifices publics. « Qu'au moins, disaient les gens de l'OAS, tout ce qui a fait la splendeur de la présence française disparaisse ! Que les vainqueurs n'en profitent pas ! Que le pays n'ait plus aucune infrastructure, qu'il soit anéanti sous les décombres et les gravats ! … » Chaque nuit apportait son lot de destructions et de désastres. Sortir était encore plus risqué. Des tireurs planqués dans des immeubles abattaient les Arabes qui passaient. Des femmes voilées gisaient dans leur sang sur le trottoir, des hommes étaient allongés dans les caniveaux. Les secours venaient toujours trop tard, ils embarquaient les morts et les emmenaient à la morgue, déjà pleine. Les cadavres, disait-on, attendaient dehors, recouverts d'une bâche, d'un drap. La police ne faisait plus d'enquête. Tout partait à la dérive.

On avait pris l'habitude d'entendre la ville exploser toutes les nuits. Quelquefois, nos fenêtres vibraient, et de crainte qu'elles ne se brisent, ma mère avait confectionné de lourdes tentures pour atténuer le bruit et nous protéger des éventuels bris de glace. On s'était réfugiés dans une pièce qui ne pouvait être atteinte par des balles perdues. Depuis le début de la guerre, cela faisait presque huit ans déjà, je me recouvrais la tête de mon drap pour m'endormir, j'avais l'impression illusoire, sous lui, d'être en sécurité… Au début, on appelait ces séries d'explosions des « nuits bleues ». Pourquoi bleues ? Je ne l'ai jamais vraiment bien su. Ces nuits-là étaient comme les bouquets de fusées qui achèvent triomphalement les feux d'artifice, les soirs d'été. Toutes les nuits, à présent, étaient bleues. La ville sursautait régulièrement. Ma mère disait : « Mais jusqu'à quand ça va durer ? Il ne va plus rien rester. Quel malheur ! » Pour le conjurer, elle cuisinait, faisait des pâtisseries orientales, rangeait des armoires, comme si l'on devait rester ici très longtemps…

La nuit de notre départ, nous n'avions presque pas dormi. Les bombes, des rafales de mitraillette, la douleur du départ, ce chaos, tout nous avait gardé éveillés. Je jetais quelquefois un œil dans la rue, écartant les lourdes tentures. Des lueurs électriques rayaient le ciel d'Alger. Elles tremblaient au-dessus des toits, leur écho se répercutait d'immeubles en immeubles, de cour en cour.

Quand vinrent les premières clartés de l'aube, j'allai sur le balcon. On n'entendait pas encore les bruits familiers de ceux qui se levaient, peu de voitures dans les rues, peu de passants, encore tout ensommeillés de ces nuits de couvre-feu, seule la pureté limpide de l'air d'Alger, au loin des palmiers balançaient mollement leurs palmes, une fraîcheur matinale très douce, prélude d'une journée d'été radieuse, et une impression générale de monde apaisé. Il fallait boire cet air, s'en pénétrer. Ma mère me rejoignit : « La dernière fois, mon fils, c'est la dernière fois… Respire, respire, c'est à toi, regarde tout autour, n'oublie jamais. »

Il y avait quelque chose de fantomatique, ce matin-là, dans nos gestes, dans nos paroles. Tout était en place dans la maison, les meubles, les bibelots, la vaisselle, nos vêtements, et devant la porte d'entrée, deux grosses valises. On savait que, sitôt partis, la porte serait fracturée et qu'une famille, peut-être déjà aux aguets, occuperait les lieux. Il y avait ainsi partout dans la ville des hommes qui guettaient, attendaient au coin des rues, s'emparaient des appartements, des maisons, enfonçaient les portes, entraient et s'installaient. L'Indépendance n'avait pas encore été prononcée, et déjà l'Algérie s'organisait. On disait que des cars entiers de fellahs venus des douars les plus reculés convergeaient avec leurs familles vers Alger et le littoral pour trouver une maison, occuper des villas et des terres, s'installer. Mais la douleur avait comme effacé le ressentiment. Ma mère était fataliste : « Tant mieux pour eux ! disait-elle, qu'ils soient heureux ! »

On n'avait qu'une seule idée en tête : partir, fuir même, éviter le pire, les massacres, les exactions venant de fanatiques isolés, ne plus rien voir de la fin de ce monde que l'on avait bâti.

Car c'était bien de cela qu'il s'agissait : de la fin d'un temps, une histoire révolue, qui avait connu ses heures de gloire et ses ténèbres, ses jours heureux et ses nuits de détresse. Aucun Français de France ne pouvait comprendre cette histoire-là, cette légende. Cette épopée grandiose qui avait poussé des paysans pauvres d'Alsace et des Vosges, des chômeurs et d'humbles ouvriers natifs de tout le pourtour méditerranéen, sur des terres ingrates et dangereuses, avec l'idée folle d'en faire une « petite France »... Mais l'histoire n'était pas aussi simple qu'elle voulait bien le paraître. Comme dans toutes les légendes, il y avait du merveilleux et du tragique, des récits fabuleux marqués du péché originel, des contes abominables et lumineux, des fêtes et des cortèges, des souffrances terribles et de grandes joies. Du malheur comme en parlaient les Grecs et du bonheur aussi, simple, naïf, bon enfant.

C'était une terre vaste et inconnue, dont les confins étaient livrés à l'imagination des poètes et des conteurs caravaniers ou sédentaires. C'était un Orient mystérieux, et pour cela fascinant et menaçant. On parlait de coupeurs de têtes, de tribus sauvages, de hordes véloces et brutales, d'animaux féroces, de terres de sables et de soleil si ardent qu'il rendait fou. Terre traversée de peuples conquérants aussi, autochtones livrés à la fureur de la soldatesque et de la piétaille et qui avaient conservé au fond d'eux-mêmes une inconsolable mélancolie, une sorte de douleur qui les rendait pessimistes et cyniques. Peuple désuni et informel qui n'avait pas su rallier les tribus éparses et les unifier en une nation homogène. Au-delà des littoraux, le plus souvent contrôlés par les nouveaux occupants, c'étaient des terres vierges, porteuses de tout un monde fantasmé. Et ces terres aiguisaient tous les appétits, depuis les origines… S'enfoncer en elles, c'était au-delà de la découverte, les posséder encore mieux, affirmer sa propre puissance.

Les Romains n'avaient guère tenté de s'avancer dans les terres. Ils avaient préféré s'installer sur le littoral, découvrant dans la splendeur des paysages la force vitale de ce pays qui leur faisait penser à l'Italie, à la Sicile. Mais il y avait encore sur ces territoires intouchés quelque chose qui tenait de la grâce, une sorte d'ineffable mystère qui les séduisait, et qui avait trait à l'Orient. À des mœurs étrangères et secrètes. C'était comme un royaume enchanté que la beauté des sites émerveillait. Plus profond, dans les terres, les marécages, les montagnes, les animaux sauvages… Peu s'y hasardaient, laissant ces terres ingrates aux tribus éparpillées, nomades et pauvres. Il y courait des légendes cruelles et brutales sur des peuplades incertaines aux mœurs barbares, des contes sauvages où régnaient en maîtres lions, hyènes et tigres.

L'arrivée des Français en 1830 sonna un nouvel âge. Celui de la conquête. Laissée aux militaires, elle fut farouche et violente. Il n'est pas sûr que cela ne fût aussi un des principaux griefs de la révolution en 1954. La trace des massacres et des persécutions attestées était encore trop vive dans l'imaginaire collectif pour que le ressentiment, la haine latente ne fussent apaisés. C'est sur ce socle fait de massacres et de brutalités que s'installèrent les Européens sous l'autorité des Français.

Dans la voiture qui nous a menés au port, confusément se sont mêlées toutes ces histoires. À la douceur dorée du climat, même au petit matin, s'ajoutent d'autres images : des souvenirs de pique-nique dans les pinèdes, des soirées d'été où je longeais la plage de Tipasa pour trouver des coquillages et par chance des pièces de monnaie romaines, roulées dans les vagues avec les petits galets, la fureur des bombes, toutes les nuits, et la longue histoire qui nous a menés jusqu'à cette journée. Souvent mon père me racontait la petite épopée des siens, venus de Franche-Comté en quête d'une autre vie, plus heureuse, sous des cieux toujours bleus. Ils étaient descendus de Vesoul à Marseille, longeant le Rhône, les chemins de halage. Le voyage était mélancolique au rythme des péniches, traversant les futaies immenses de halliers et de peupliers, pour rejoindre enfin Marseille, le port trop animé, quitter les rives de la France et découvrir enfin Alger. Elle leur était apparue dans la blancheur blafarde d'une aube d'été, la baie, immense, semblait leur tendre les bras. Ils avaient dû pleurer sans doute, d'émotion trop grande, trop vaste, et aussi de peur, d'inquiétude. La malaria, les bêtes féroces, les indigènes, les canicules…

Je viens de cette histoire, faite de sang et de fureur, de mort et de peur. Rien ne peut en effacer la trace. Nul ne peut m'ôter cette origine. C'est une histoire naïve, faite de clichés et de légendes. Qui savait comment s'était passée la conquête ? Qui connaissait la brutalité des exactions des militaires français ? Qui se doutait des persécutions ? Dans ce pays, la qualité de lumière faisait tout oublier. C'était comme une poudre d'or qui tombait sur la ville. Elle enchantait, elle ensorcelait. Mes ancêtres aussi s'étaient attachés à cette terre sans se préoccuper de ceux qui en avaient été exclus. Mais après la première vague d'immigration, ce n'était plus la violence qui était pratiquée. Tous voulaient croire à l'œuvre de la civilisation. Mes bons aïeux de Franche-Comté croyaient vraiment qu'ils allaient inventer un pays nouveau, un eldorado, un petit paradis. Les valeurs de la France y seraient à l'honneur, et chacun s'y plierait. Personne n'était allé plus loin dans ce souhait.

Tout autour du paquebot, les voyageurs s'affairent, les marins, des soldats maintiennent l'ordre au cas où, des porteurs se pressent. Le petit matin est clair, déjà chaud. Les arcades du front de mer se découpent dans la lumière presque dorée. Mon père a garé sa voiture lentement, avec une application étrange. Il a sorti les valises du coffre arrière. Laissé les clés sur le tableau de bord et poussé les portes. La voiture est à qui veut la prendre. Puis on s'est approché du bureau des Messageries. On s'est frayé un chemin dans la foule énorme, déjà agglutinée. Maintenant, on est là, au plus près du départ, l'Algérie s'efface lentement. On entend des sanglots, des vieillards sont assis sur des chaises roulantes, les doigts croisés, ils attendent. Ils ont l'air hagard. Ce qui frappe surtout, c'est le silence des voyageurs. Ce silence, c'est comme une prière intérieure, un adieu, déchirant, sans plainte. Une prière fermée comme un poing. Les quais ressemblent à un vaste champ de bataille après la défaite. Même temps suspendu, même douleur écrasante, mêmes traces de terreur. Des employés des Messageries maritimes passent entre les files d'attente, canalisent les voyageurs vers les passerelles qui desservent les ponts supérieurs, les ponts inférieurs, les cales... Les gens se retiennent aux cordes, s'engouffrent dans le bateau, ils se retournent maladroitement, le regard embrasse la ville mais tout va trop vite, on les pousse, on les presse d'avancer. Le port, les arcades, la Grande Mosquée, le môle, l'amirauté, la piscine du Racing Club Algérois, les docks, le front de mer, la Casbah, tout se mêle et s'anéantit. S'effondre dans les yeux.

Ce jour de juin 1962, ce qui me frappe, c'est l'immobilité du temps. Cette sorte de torpeur généralisée, cette suspension du cours normal des choses. Ma mère dit que ça lui fait penser au temps qui précède les orages, à ce temps lourd qui inquiète les animaux familiers et où rien ne semble avoir de prise. Dans le port seulement règne une agitation étrange, jamais encore ressentie. D'énormes bouillons de vapeur sortent des cheminées du paquebot. Ils se fondent dans le ciel limpide. Nos valises sont trop lourdes. Je porte les miennes avec difficulté, ma mère me recommande de faire attention parce qu'elles raclent le sol et les pavés disjoints des quais... Sur les trottoirs, des Arabes alignés regardent les mouvements de la foule. Ils ne disent rien. Nous ne sommes plus sur cette rive. Déjà sur l'autre. C'est une étrange impression. Partir avec rien. La vie est donc si forte, si puissante pour pouvoir tout recommencer ?

Y eut-il un dernier regard depuis la terre ferme, la tête qui se retourne et les yeux qui absorbent d'un coup, d'un seul, Alger, la ville et tout ce qu'elle contient pêle-mêle, les senteurs, les bruits et les souvenirs ? Avant de m'engager sur la passerelle flottante, j'enfonce mes pieds dans le sol, ma mère me dit de me presser, d'avancer, mais je retiens cet instant fragile, cet ultime enracinement. Après, sur le bateau, ce ne sera plus la terre algérienne. Et tout ce qui s'y rattachait. Tout autour de moi, c'est la cohue, cela fait penser à des scènes de guerre, à des exodes déjà connus, c'est toujours la même sensation d'oppression et de fatigue, et pourtant cette force, tirée on ne sait plus d'où vraiment, et qui fait marcher, résister à l'épuisement, et donne le courage d'avancer.

Désormais, j'ai bien conscience que je ne suis plus sur la terre d'Algérie, celle de ma naissance et de toute ma famille. La passerelle brinquebale, je ne peux pas me retenir aux rampes en grosse corde, mes deux mains portent les valises, au-dessous de nous, c'est l'eau noire du port, une eau laquée, aux reflets irisés bleu nuit cerné d'argent. On pénètre dans le paquebot. Lui aussi n'est pas stable, il tangue un tout petit peu, une houle légère. J'ai l'impression que toute la mémoire de la terre natale n'est plus disponible, comme ouatée ; le paquebot est un lieu anonyme, transitoire, il flotte sur des eaux aléatoires, et son temps est un temps de raccord et de suture, il va d'un monde à un autre, d'un temps à un autre, et l'espace qui les sépare est incertain. La terre ferme que je foulerai sera désormais étrangère…

Le paquebot ressemble à un monstre énorme, une sorte de gigantesque pieuvre qui avale des passagers, les absorbe dans son gros ventre de fer et de rouille. On entend des bruits de moteur, des grincements de poulies, des mugissements de sirènes. Sitôt installés, ceux que l'on appelle désormais des « rapatriés » montent aux ponts supérieurs. Comme s'ils voulaient échapper aux entrailles aveugles du paquebot. Ils s'accrochent aux bastingages, regardent la ville, imperturbable, qui ourle le rivage. La lumière dorée qui l'inonde fait une auréole tout autour d'elle. C'est quelque chose de sacré, comme une icône. Quand je monte avec mes parents sur la passerelle, je sais que là commence l'exil. La séparation définitive. Ce jour d'été qui commence est jour de deuil. D'ordinaire, nous serions partis à la plage, pas très loin d'Alger parce que ce n'est pas encore la pleine saison, une de ces plages riveraines, en bas de Bab-el-Oued, entre des rochers où se sont formés de petits bassins d'eau presque chaude, dans la douceur intemporelle de ces journées.

On a deux valises chacun. Très lourdes. Dans l'une, nos vêtements, et dans l'autre, nos petits trésors, nos objets pour panser la douleur. Des choses pour se souvenir. J'ai emporté avec moi tous les livres que j'aimais. J'ai décidé de lire *L'Éducation sentimentale* pendant la traversée : pourquoi Flaubert ? J'ignore encore la raison de ce choix. Mais j'ai toujours le livre dans ma bibliothèque. Un livre de poche, à la couverture violette, sur la page de garde, j'ai retrouvé ces simples mots informatifs : « 20 juin 1962, lu pendant le voyage du retour. »

Pour l'heure, je fais comme tous les autres, je tente de me faufiler dans la foule qui se presse pour voir la ville une dernière fois. Je ne sais pas expliquer cet amour profond, étrange, secret. Cet attachement si singulier. Je ne pensais pas qu'Alger fût si étroitement liée à nous, si aimée. J'arrive à m'accouder au bastingage. La rambarde est poisseuse d'humidité et des embruns de la mer. Je m'accoude en croisant les bras, tout mon buste est comme tendu vers la ville. J'absorbe le paysage, je pénètre en lui, j'en acquiers tous les détails, pas une ligne de crête, pas un édifice qui ne m'échappent, je me coule dans cette image dorée, je me dis qu'elle ne peut plus me quitter, qu'elle est en moi et que rien n'y fera, ni les malheurs à venir, ni la vie tout court, rien ne pourra effacer cet instant. Je crois entendre des sanglots à côté de moi, mais c'est surtout le silence qui domine, il est lourd, pesant ; dans le visage de ceux qui fixent la ville, l'incompréhensible. Puis il y a comme une précipitation dans le temps. Des remorqueurs s'approchent du paquebot. On entend des bruits lourds de cordes qui lâchent, certaines craquent comme des dents que l'on arracherait. Les cheminées du bateau bouillonnent de fumée, des mugissements de sirènes déchirent le silence, la chaleur monte, je ne sais plus si c'est à cause des moteurs ou du soleil, déjà haut, qui tape.

À cette heure-ci, sur la place du Gouvernement, juste en face des quais, il n'y a presque plus de passants. Pas un arbre ne vient l'abriter. Des enfants boivent aux fontaines manuelles, l'eau surgit après que l'on a tourné rapidement une manivelle, elle est fraîche, comme venue d'une source, l'eau éclabousse les pieds, mais personne ne s'en plaint. Des marchands de cacahuètes salées et grillées font des cornets avec du papier journal, des vendeurs de limonade arpentent la place désertée, des Arabes attendent dans l'abri du tramway qu'une rame arrive. Personne, pas même eux, n'a imaginé un tel exode de Français. La plupart s'en disent satisfaits mais au fond d'eux-mêmes, ils s'interrogent sur cette nouvelle donne : une Algérie sans les Français. C'était un fait de les combattre, de les terroriser et de les tuer, c'en était un autre de les voir partir, de se retrouver entre Algériens, dans un pays à refaire, à reconsidérer, à relire autrement… Le silence qui règne sur la place comme dans les rues d'Alger est à la fois d'épouvante et d'effarement. La joie n'est pas visible sur les visages des Algériens. Ils ne parviennent pas à montrer du contentement, de la satisfaction. Un monde s'en va. De quelle nature va être le suivant?

Les passagers s'agglutinent maintenant sur les ponts. Il n'y a plus de place pour s'appuyer aux bastingages. Il faut jouer des coudes pour avoir un tout petit espace de façon à voir encore Alger. On n'entend aucun reproche, aucun ressentiment, aucune injure à l'encontre de nos « ennemis ». Le silence de la défaite et des vaincus. Ma mère dit qu'il faut tout « boire » de la ville, tout prendre de ce qu'elle donne encore à voir, à recueillir. Mon père se tait, muré dans son chagrin. Les souvenirs affluent, ils s'engouffrent dans la mémoire vive, s'y jettent en vrac.

Il n'y a pas d'ordre dans cet enfouissement, tout rejoint pêle-mêle le grand sac des souvenirs, le matériel obligé de la survie, ce qui permettra les jours d'exil de pouvoir reprendre pied, de retrouver racine. Ils nous échappent, désormais plus rien ne nous appartient, on est pris en charge, futurs assistés, dorénavant appelés « rapatriés ». On apprend qu'en France les pouvoirs politiques s'affolent, craignent une arrivée trop massive de départs, personne n'a imaginé que l'exode serait aussi massif. Pour rassurer l'opinion publique qui nous est hostile, certains ministres parlent de vacances, « les pieds-noirs partent comme chaque année en France », se plaisent-ils à affirmer, comme pour conjurer notre arrivée jugée préoccupante, inenvisageable, surtout pas souhaitée.

Les marins achèvent les préparatifs. Ils font des gestes lents et sûrs. Ils ne paraissent pas du tout inquiets ou énervés. Ils font leur travail, sans émotion, sans compassion. Les rapatriés, dans la rumeur chuintante des sirènes, comprennent que dans quelques instants, le bateau partira. L'heure fatale arrive. Les remorqueurs sont en place. De ma hune, je vois tout, j'entends tout. D'énormes cordages rattachent le paquebot aux remorqueurs, ils craquent puis se déroulent à toute allure, dans un sifflement rauque et continu. Soudain, le bateau commence à opérer un mouvement, se détache du quai. En contrebas, il y a bien encore quelques Français qui disent au revoir de la main ou en agitant un mouchoir à ceux qui sont accoudés, presque trop penchés sur la rambarde. La ville est comme auréolée de lumière, nimbée d'un halo doré qui la rend encore plus belle, plus étincelante. Des gens, près de moi, disent qu'Alger brille comme une étoile, et qu'à présent ils devront toujours chercher le sillage de cette étoile. Des hommes, des femmes pleurent. D'autres ont des sanglots rentrés, des sortes de boules dans la gorge qui les empêchent d'émettre un seul son.

La ville change de position, on la voit autrement, plus de biais. Mais toujours à droite, juchée sur sa colline, la basilique Notre-Dame d'Afrique. Ses coupoles brillent comme de l'or. Le soleil se reflète sur les milliers de tesselles qui les composent. Petits carrés de verre soufflé, collés les uns à côté des autres, comme il y en a sur les coupoles de Saint-Marc à Venise ou de Sainte-Sophie à Istanbul. Tout est au ralenti. Certains disent qu'ils vont descendre dans les cabines, ou dans les cales, prendre un somnifère pour ne plus rien voir. Tout oublier.

Je suis toujours accoudé. Je vois toute la ville dans son horizontalité lumineuse, dans sa verticalité farouche. C'est quelque chose d'irréel. Comment faire le deuil de cela ? le deuil de toutes ces enfances ? À droite, Bab-el-Oued, d'où je viens. Tout doit être en place. Tout est prêt pour recommencer autrement. Le marché des Trois-Horloges doit regorger de fruits et de légumes. Les épiciers arabes ont dû sortir leurs sacs de jute au bord retroussé pour laisser voir les épices et les semoules, mais ce doit être pour eux une étrange impression de ne plus croiser quasiment de Français et d'Européens. Que des femmes avec leurs jolies voilettes brodées qui cachent le bas de leurs visages. Il doit y régner une sorte de culpabilité secrète, inavouée. Personne ne pavoise. L'incertitude règne même parmi les vainqueurs. Peu croient à la victoire totale. Et même si l'on devait s'y faire, de quoi serait donc faite cette victoire ? Car au fond d'eux-mêmes, les Arabes ne sont pas si sûrs de ce que leur a promis le FLN. Ils vont bientôt célébrer leurs héros, mais croient-ils vraiment à la fameuse « libération » ? Qui va aider le pays à se reconstruire ? Quels nouveaux étrangers vont profiter de l'aubaine ? Qui va se payer sur son dos, prolonger cette malédiction d'une Algérie sans cesse traversée, envahie, pillée, humiliée, asservie ?

Le *Ville d'Alger* pivote sur lui-même, la proue regarde résolument l'horizon, l'étendue de la mer. Les remorqueurs l'accompagnent, lentement, ils l'aident à sortir de la darse, à dépasser les môles, la ville n'est plus tout à fait la même vue, sous cet angle. Des souvenirs assomment les voyageurs, se brouillent dans leur esprit. Les moteurs fonctionnent à plein régime. Le bruit est sourd, la mer est plate, d'huile. Le bateau fend l'eau, on a l'impression qu'il la déchire comme une soie brûlée. Les quais s'éloignent peu à peu, ceux qui y sont restés agitent mécaniquement des mouchoirs, balancent leurs bras. Des gens au bastingage disent machinalement au revoir, mais ils sont comme tétanisés, accablés de fatigue et de tristesse. Lentement Alger s'éloigne. Ses formes sont moins distinctes, plus floues, mais la topographie générale est bien la sienne : étale avec ses maisons qui montent à l'assaut des collines, et toute cette dégringolade de maisons cubiques et blanches qui forment la Casbah.

Il est 11 heures du matin. La ville n'est plus que cette ligne d'où émergent quelques édifices, et le vaste front de mer avec ses bâtiments bien alignés, de moins en moins repérables. Les remorqueurs enfin lâchent définitivement leurs cordages. Le paquebot va tout seul. Des sirènes lui souhaitent bonne route. Cette fois-ci, c'est bien terminé. Des sanglots montent comme une petite musique de nuit. Un groupe de voyageurs entoure un prêtre qui récite une prière, reprise en chœur par tous. Dans un coin, un homme joue de l'harmonica. Les sons grêles et monocordes font une musique déchirante, qui bouleverse. D'autres s'installent pour le voyage. Ils ont loué une place sur le pont, occupent leur transat, se recouvrent d'un plaid et préfèrent se reposer.

Je regarde intensément la ville. Ma ville. Elle disparaît méthodiquement, c'est maintenant le tour des grandes façades du front de mer, les côtes paraissent aléatoires, la mosquée de la place du Gouvernement, émerge, au loin, comme un phare la basilique Notre-Dame d'Afrique. La clarté affaiblit le paysage, le rend presque atone. J'attends le moment où Alger va basculer dans le vide, ne plus se montrer. La ville devient au fur et à mesure que le bateau prend de la vitesse plus étroite, plus effilée aussi. Au départ, c'était comme une peinture de Marquet, à la pâte pleine, épaisse, charnelle. Maintenant, elle ressemble à un croquis, à une esquisse, à une fine gravure.

Le sillage fait d'énormes remous derrière lui, crée une sorte de fente inquiétante, puis les vagues semblent ravauder les accrocs, la mer se retend, redevient lisse. Dans quelques minutes, Alger ne sera plus qu'une ligne, puis un point qui s'engloutira. Il vient, cet instant, plus vite que je ne pouvais l'imaginer. Alger n'est déjà plus une ville, les côtes ne sont plus que des lignes vaguement horizontales. Cette vision des côtes porte toujours aux larmes. Tous ceux qui voyagent par la mer savent ce moment inoubliable, émouvant. Des côtes apparaissent ou bien s'évanouissent dans l'air, et c'est toujours l'histoire secrète, muette, de la solitude ou du don. Voir s'éloigner les côtes, c'est ressentir la douleur de l'abandon. La perte du lien.

Maintenant, la terre algérienne a bel et bien disparu de l'horizon. D'où que je regarde, c'est l'immensité de la mer, la platitude inexorable de la mer. Le paquebot la défie, il suit son cap. Dans ce temps étrange et sans repère apparent, on s'en remet à lui. Pour la première fois de ma vie, j'expérimente ce rite de passage. J'apprends qu'il faut passer par l'épreuve pour renaître. Traverser la nuit pour retrouver le jour. Bien calé, dans ma poche, *L'Éducation sentimentale*. Pourquoi, oui, pourquoi avoir choisi de lire ce roman de Flaubert, ce jour précis du grand départ ? Je ne me l'explique pas. Ressemblerais-je à Frédéric Moreau, le héros plein d'illusions que la vie ne peut satisfaire ?

C'est un bateau-Babel, une grande arche de Noé où se sont entassés pêle-mêle pieds-noirs de toutes origines. Il y a aussi des animaux familiers, des chiens, des chats tenus en laisse et même des oiseaux dans des cages. De vieilles femmes sont assises dans des chaises longues trop basses pour elles, et dont elles ne se relèveront péniblement qu'à l'arrivée, brisées de fatigue et d'émotion. On entend toutes les langues, le français bien sûr, mais aussi l'italien, l'espagnol surtout. Le personnel du paquebot rajoute à la situation surréaliste. Il fait comme si les passagers étaient des touristes de croisière. Des cloches sonnent pour avertir du premier service de restaurant pour les 2des et 1res classes. Au foyer des premières, un pianiste commence à jouer quelques standards de la chanson américaine. Un apéritif est prévu pour les voyageurs de première. Sur les ponts, l'air est soudain plus frais. On est en pleine mer. L'absence des côtes renforce l'impression de solitude. Il n'y a que cette mer immense, infinie, sans rivages qui la borde. Plus personne ne regarde du côté de l'Algérie disparue. Le pays s'est effacé au fil des heures.

Je déambule à travers les coursives et les ponts. Des embruns ravivent le visage, de petites bourrasques de vent le fouettent. Je me sens infiniment solidaire de ce petit peuple d'Algérie jeté sur la mer. Il fait à présent le chemin inverse de ses ancêtres. On ne sait pas grand-chose de lui, comme s'il n'avait jamais intéressé les historiens, qui l'avaient jugé une bonne fois pour toutes trop pauvre et trop peu instruit pour être intéressant. Et c'était dans l'oubli du reste du monde qu'il avait bâti et cultivé le pays. Mais le peuple pied-noir était trop disparate pour être considéré. La France l'avait toujours méprisé, trop de mélanges, trop de gouaille, trop d'audace même qui ne se mariaient guère avec le bon ton français. Tout avait commencé par la misère, par les grandes crises économiques qui avaient fait déserter les campagnes et peupler les villes, par les multiples crises politiques qui avaient engendré des élans nationalistes puissants. En 1830, l'armée française était sur le terrain pour préparer la venue de cette « canaille », comme elle disait, sous-prolétariat qui vivait dans les bas-fonds des villes. En 1840, près de 35 000 Européens avaient déjà peuplé les côtes algériennes. Près de 110 000, sept ans plus tard, dont seulement 62 000 Français. On vient d'Alicante, de Valence, à bord de petits rafiots de fortune, de Calabre et de Sardaigne, mais on descend aussi en péniche des Vosges, d'Alsace et de Franche-Comté. On vient sans bagages, à mains nues, on occupe des côtes, on fonde des villages et des villes, on se rassemble en communautés bien séparées les unes des autres, chacune a son fief, avec ses rites et ses mœurs, ses lois et sa police. Seuls 15 000 colons français possèdent des concessions. Le reste est, au même titre que les Italiens, les Maltais, les Sardes, les Espagnols, composé d'ouvriers corvéables à merci. Les indigènes sont ignorés, laissés de côté, le plus souvent exploités.

C'est ainsi que se fonde ce pays. Il est né avec un péché originel dont il paie la facture ce jour-là de juillet 1962. Double péché même : discrimination entre les nouveaux arrivants et discrimination envers les indigènes... Ainsi commence l'histoire de l'Algérie française... Mais cela se perd dans le temps, se dilue dans l'euphorie de l'élan colonial. Dans le désir bâtisseur, dans l'instinct pionnier qui anime les immigrés. Le défi est à la taille de leur courage. Le pays est vierge, il est à faire. C'est une histoire de misère et d'exclusion, d'ignorance et d'égoïsme, de générosité et de cruauté. Une histoire humaine, avec des idéaux bafoués, mais aussi des actes de dévouement héroïques.

Sur le pont supérieur, les enfants des lointains fondateurs pleurent maintenant leur terre perdue. Ils ne croient pas aux injustices commises, d'ailleurs ils ignorent même l'histoire de la conquête et ne mesurent pas l'humiliation des Arabes. C'est une histoire qui s'est passée sans avoir été comprise de l'intérieur. Il y eut tant de petites fraternités entre les communautés qu'aucun pied-noir ne peut croire à ce dont, implicitement, on l'accuse : avoir été l'agent du colonialisme le plus brutal et le plus raciste qui soit. Me revient alors la petite scène avec notre voisine de palier. Les bijoux en vrac dans un papier journal. Les pleurs en nous embrassant, l'eau jetée derrière nous sur les marches d'escalier... Il y a ainsi des milliers de petits faits semblables, des histoires communes d'amitié et d'entraide entre les deux communautés, et puis il y a la grande entreprise coloniale, cynique et violente qui fit de l'Algérie le grenier de la France, assura son indépendance énergétique, fournit de la main-d'œuvre bon marché, dénia les droits fondamentaux à une majorité de ses habitants... Mais les pieds-noirs ne veulent pas voir cela, pas même l'envisager. Ils ne comprennent pas le mauvais procès qui leur est fait. C'est toujours la lumière de ce pays qui les aveugle, cet embrasement du soleil, cette clémence et la tempérance des jours, cette douceur de vivre près des eaux tièdes et bleues.

Il y eut toujours pourtant cette sourde fraternité entre Français et Arabes, une amitié sombre et tragique qui les reliait sans qu'ils fassent aucun effort, les uns et les autres, pour mieux se comprendre et s'éclairer mutuellement. Rien ne bougeait, aucune ligne ne se franchissait sauf dans quelques faits divers, aucune lumière ne venait éclairer cet état. Tout se passait comme si cette existence était immuable, chacun vivait sa vie, aveugle à l'autre. « Jusqu'où ? Jusqu'à quand ? » disait ma mère, « parce que ça ne pourra pas tenir longtemps comme ça »... Ça tenait cependant, oui, par une étrange disposition que nous avions à refuser l'évidence, à nous maintenir coûte que coûte, à nous croire plus légitimes sur cette terre qu'eux. Eux, les Arabes... Je pensais bien que les souvenirs des exactions des premiers temps de la conquête devaient rester inscrits dans leur cœur et dans leur mémoire. Quand j'en parlais, on me répondait toujours que personne, ici, ne savait ces histoires passées. Au pire, c'étaient les événements de Sétif qui étaient vivaces, mais pas ceux des années noires, entre 1830 et 1840, disait-on. Je n'en étais pas si certain.

Confusément, je croyais que des traces invisibles se passaient de génération en génération, et que l'oubli était réellement impossible. Nous, les Français, on portait ce fardeau originel avec la volonté de l'oublier, de l'alléger aussi en prétendant travailler pour la civilisation, manière naïve de nous déculpabiliser ainsi. Mais au fond de nous, il y avait aussi les traces de cette conquête qui restaient profondément inscrites. Certains croyaient y échapper par la morgue ou le racisme. D'autres préféraient se taire, ensevelir sous des couches épaisses d'oubli tout ce qui s'était passé. Mais quelquefois l'histoire, tenace, remontait des grands fonds de l'oubli et revenaient les images atroces des massacres et des violences dans les douars, tout ce qui avait été perpétré pour imposer enfin la présence française sans qu'on la conteste.

J'étais tombé un jour, inopinément, sur un ouvrage d'histoire relatant la conquête. Livre qui ne la dénonçait pas mais qui, bien plutôt, était tout à la gloire de la colonisation. Il m'était apparu invraisemblable que l'on y célébrât les paroles du général Bugeaud comme de hauts faits d'armes et de guerre. Ce jour-là, j'avais éprouvé comme un étrange trouble en lisant les rapports du général à son état-major parisien... Un trouble et un malaise aussi, plus encore peut-être, une honte secrète. C'était une après-midi d'été, à l'heure de la sieste, quand les quartiers d'Alger semblent apaisés, écrasés par la chaleur, et qu'un silence particulier à cette heure est tombé dans les cours intérieures des maisons, sur les balcons. Une heure que je consacrais souvent à la lecture. Dans ce livre d'histoire, relatant les événements marquants de la conquête en Algérie, je lisais, atterré, les relations de Bugeaud et de ses « colonnes infernales ». Y étaient aussi consignés les rapports des autres chefs militaires qui avaient conduit jadis les opérations dans la première décennie de la colonisation. Je lisais cela de la même manière que je dévorais les récits épiques contenus dans la collection pour jeunes des *Contes et légendes.* On était bien là aussi aux premiers temps d'une histoire, et comme à Rome ou dans la Grèce antique, les combats sauvages et cruels rejoignaient par leur ampleur les mythologies et les fables.

Il y avait donc, dans un autrefois légendaire, une terre appelée Barbarie. Y vivaient des tribus nomades ou sédentaires et des animaux sauvages. Les confins de cette terre butaient sur des déserts où personne ne s'aventurait sinon des caravaniers aguerris qui étaient considérés comme les seigneurs d'un royaume secret. Quant au littoral, du IXe au XIXe siècle, l'islam d'Afrique avait semé la terreur sur toutes les côtes du bassin méditerranéen. Alger comptait déjà au XVIe siècle pas moins de 36 000 chrétiens rendus esclaves, autant que dans les fondouks de Tripoli, de Tunis et de Fez… Parmi eux, des milliers de Français capturés sur les rivages ou sur des bateaux arraisonnés. Alger était ainsi devenue le plus grand marché d'esclaves du Maghreb. Toute la ville participait à la piraterie. Les prises des bateaux étaient jetées sur le pavé du port, les habitants s'y rendaient pour faire leurs affaires ou pour le spectacle, on comptait jusqu'à cinq prises par jour… Maltraitances, injures, exécutions sommaires, abus sexuels, les esclaves subirent la litanie ordinaire des vaincus. La vente était publique, exposés nus, ils étaient achetés par de riches Africains venus des pays voisins. Bagnes, harems, chiourmes horribles, galères, lapidations, supplices d'une cruauté sans nom, tel fut le lot, durant des siècles, des Européens arrachés à leur pays et à leur famille. C'est ainsi que l'Algérie, longtemps, recéla ce que les missionnaires chrétiens appellèrent des « mystères de douleurs »…

Mais l'histoire moderne de cette terre commença avec l'arrivée des Français, en 1830. Le corps expéditionnaire qui avait débarqué par revers à Sidi-Ferruch, surprenant les autochtones, s'était montré d'une radicale cruauté pour soumettre le pays. Les politiques d'alors donnèrent tous les pouvoirs à l'armée. Malgré les promesses de ne toucher ni aux biens individuels ni aux lieux de culte, les militaires, pris d'un zèle fanatique, imposèrent cependant leur loi. Les mosquées furent profanées ainsi que les cimetières, on se réjouit que les ossements des charniers soient ramenés à Marseille pour alimenter une usine de savons, les biens furent confisqués, vols et viols, autorisés pour la piétaille… Des tribus entières furent massacrées, comme celle des El Ouffia, en avril 1832, pour une affaire de vol dont on saura plus tard qu'elle ne l'a pas commis. Face à ces exactions, la résistance s'organisa autour de l'émir Abd el-Kader, qui répondit par des razzias et des actions ponctuelles. La répression fut cruelle et rapide. « Comme les bêtes féroces, il faut, déclare le président la Société coloniale d'Alger, que les Arabes reculent jusqu'au désert devant la marche progressive de nos établissements et qu'ils soient rejetés pour toujours dans les sables du Sahara. » *Le Moniteur algérien* n'hésite pas, sans ciller, en 1836, à rapporter les massacres et les violences sur les populations civiles : « Vingt têtes ont été envoyées ici, soixante-huit au bout des baïonnettes ont été comptées à l'entrée du camp, c'est une très belle affaire et un début qui ouvre très bien la voie », conclut-il. Des épisodes brutaux et génocidaires sont perpétrés en toute impunité. Pire encore : on les célèbre comme des victoires sur le mal. L'arrière-pays est à feu et à sang : les arbres sont sciés, les champs dévastés, les palmiers dans les oasis, décapités, comme tous les habitants…

« Il faut bien le dire, le besoin de destruction étant dans la nature, arracher la cognée de nos soldats, c'était les priver d'une formidable jouissance », avoue le général Charon, gouverneur de l'Algérie sous la IIe République ! Bugeaud, Montagnac se délectent de leurs prouesses.

Partout loi du talion et brutalités. Villages rasés, douars détruits, destruction de cheptels, et surtout, nouvelles expérimentations : les enfumages. Il ne s'agit pas cependant de la folie d'un général ou du sadisme d'un chef, mais bien d'une véritable méthode d'occupation, établie et élaborée par écrit ! Les clichés d'un Orient cruel animent les chefs de l'état-major français. C'est à celui qui fera mieux que Sardanapale ou tel autre souverain d'Orient... La tribu des Ouled Riah est ainsi décimée par enfumage en juin 1845, dans les grottes de Dhara, à l'initiative du général Pélissier de Reynaud. « Quelle plume saurait rendre ce tableau ? écrit-on à l'époque. Voir au milieu de la nuit, à la faveur de la lune, un corps de troupes françaises occupé à entretenir un feu infernal. Entendre les sourds gémissements des hommes, des femmes, des enfants et des animaux ; le craquement des rochers calcinés s'écroulant, et les continuelles détonations des armes. Dans cette nuit, il y eut une terrible lutte d'hommes et d'animaux. »

Partout, c'est le même récit qui se répète. Sept cents cadavres de la tribu exterminés, cinq cents autres en août 1846... Je lis ces récits comme on lit les massacres de Troie ou les grands récits bibliques de l'Ancien Testament. On n'y croit pas tout à fait, mais, éloignés dans le temps, ils ne sont imaginables que par la peinture d'un Delacroix ou d'un Goya, relégués de toute façon dans une mémoire ancienne, mythifiés dans des récits épiques, où se rassemblent à la fois la barbarie et la civilisation.

Devenus des fictions. Je referme le livre, mais je suis sûr de ceci : la mémoire se prolonge de fils en fils, elle se redit les soirs dans la douceur provisoire d'une nuit d'été, moirée de lumière violette, dans les replis des montagnes kabyles. Et ces soirs-là, se redisent comme de longs poèmes, les histoires des ancêtres massacrés et le désir profond, obscur et violent de la vengeance. Un jour, prédisent les talebs, il faudra bien rendre compte de ces massacres, un jour, il faudra bien venger nos aïeux… Cette sourde menace a trouvé réponse dans la guerre de 1954. Aux premiers massacres, atroces, des fellaghas perpétrés contre de pauvres innocents, répondent les images d'Épinal des grandes razzias des généraux français, au début de la conquête.

Les joyeuses et non moins légendaires sorties de l'été sur les plages ou sous les pinèdes veulent ignorer ces images violentes et brutales. La lumière d'ici les chasse et les renvoie à leur nuit immémoriale, au silence des tombes. Mais aucune baignade dans les criques heureuses ne pourra jamais être totalement innocente. Savoir donc ce qui s'est passé. Ne pas se voiler la face ni ensevelir les atrocités de la conquête, ne pas oublier. Ne serait-ce que par prudence. Les jolies jeunes filles aux allures occidentales qui ont posé les bombes cachées dans leurs sacs de plage aux terrasses des brasseries à la mode d'Alger n'ont rien oublié des enfumages de Bugeaud et de ses zélés soldats… Elles aussi savent, même confusément, ce qui s'est passé, et veulent se venger.

La guerre commence donc là, dès les années de conquête. On croyait que tout était pacifié, mais tout était momentanément bâillonné. Les générations futures, à moitié honteuses, ont mis leurs mouchoirs sur les crimes originels et ont continué leur route… Elles crurent que la paix était acquise, elles se trompaient, dessous, couvaient la guerre, la haine, la violence… Au bout de cinq, six générations, les choses s'étaient installées, croyait-on, durablement. Et la lumière et la nature, prodigues, avaient fait le reste. Il n'y avait plus que ces jours inondés de soleil et cette ville, après chaque pluie, lavée de ses colères et de sa poussière, qui se rendait à la mer, étale, devant elle. C'est étrange, cette montée des souvenirs, des petites scènes de la vie quotidienne, celles qui remontent toujours au moment où on les sait à jamais perdues et qui reviennent à soi, intactes.

Toujours au bastingage du *Ville d'Alger*. Le paquebot est en pleine mer, on dit que demain, à l'aube, le passage du golfe du Lion sera mouvementé. Que la soirée qui s'annonce déjà sera fraîche. Nous avons une cabine en 2de classe. Je pense que ce soir, quand le bateau filera dans la nuit, aveuglément, je remonterai sur le pont supérieur, je m'assiérai à même le sol, et je contemplerai la nuit et les étoiles, tout ce grand ciel de lit déchiré de nuages dans la lueur d'opale de la lune. J'entendrai la rumeur du sillage et je me coulerai dans le silence qui finira par s'imposer. Reviendront alors les images d'autrefois, seulement les instants de bonheur, les petits faits de l'enfance, anodins et dérisoires, ceux qui fondent cependant.

Je me revois, petit garçon, juché sur un des ânons du square Bresson, tandis que mes parents dégustent la spécialité du glacier Grosoli, une glace au citron vert, du « crépon », comme on l'appelait, sous les arbres du jardin public, dans le gazouillis inlassable des oiseaux… Les ânons tournent et tournent, ils ont des œillères de cuir brodé d'arabesques et de fils de couleur, et l'on est, tous les enfants, à la queue leu leu, comme des petits rois d'Alger, fiers sur nos montures. Un Arabe tient une petite badine dans sa main, il donne un coup, sec, sur le flanc d'un ânon quand il s'éloigne de son chemin, et l'ânon revient docilement dans le rang… Je ne sais pas pourquoi, mais cette séquence enfantine s'inscrit comme une des images les plus tenaces du bonheur, une sorte de moment parfait, dans la douceur des fins d'après-midi d'Alger. J'avais 7 ans. La guerre n'avait pas commencé. Personne ne s'en doutait même. Seuls certains esprits avertis s'inquiétaient de quelques comportements « arrogants », comme ils disaient, mais l'on pensait bien que tout cela se réglerait au besoin par la force. Il y avait seulement à ce moment-là la mer, le ciel, les crépuscules dorés, le chant des oiseaux, le marchand d'oublies et de bliblis, ces pois chiches grillés vendus dans des cornets de papier journal, le pas lent des ânons, mes parents qui me regardaient, et la certitude que rien ne pouvait changer.

Mais loin de penser que le sillage glouton du paquebot engloutirait mes souvenirs, il me semble qu'au contraire il les fait ressurgir, comme un soc de labour, et qu'ils jaillissent maintenant à mes yeux, inévitables et impérieux.

C'était une traversée si différente des autres, celles qui nous ramenaient en France, tous les deux ans, pour les grandes vacances ! Alger s'évanouissait aussi au bout de quelque temps, mais c'était le regard qui était différent. On la voyait disparaître et l'on savait en même temps qu'on la reverrait, que l'on aurait encore une fois la chance de ce retour et la grâce de l'apparition. Car Alger accordait cela à ceux qui l'aimaient : apparaître dans sa blancheur lumineuse, dans cet éclat diapré de lumière, dans son rayonnement naturel.

Aujourd'hui, c'était tout autre chose : Alger avait disparu à nos yeux embués de larmes et l'on savait que c'en était fini, que nous ne connaîtrions plus jamais cette attente à l'aube des côtes, ce surgissement d'abord confusément ressenti, entraperçu des rives algériennes, et puis peu à peu l'étonnant spectacle d'Alger. Pourquoi avais-je toujours imaginé qu'il y avait là quelque chose de sacré, de religieux même dans cette apparition ? Que quelque chose se donnait d'un secret qu'il nous était donné de partager ? Dès que nous voyions les côtes apparaître, on avait l'impression que l'on entrait dans l'émerveillement. Le pays enchantait, malgré la guerre, les conflits et aussi la vie quotidienne qui n'était pas celle des nababs que nous prêtaient les métropolitains. C'était un fait, absolu. Cette terre *enchantait*, au sens propre, c'est-à-dire qu'elle côtoyait toujours l'étonnant, le prodige, les sortilèges. Cette impression était due surtout à la beauté intacte de la nature, à la douceur du climat. Même les attentats ne décourageaient pas les Algérois de se rendre sur leurs plages préférées. Jamais ils n'auraient sacrifié leurs pique-niques sous les pins.

Il avait fallu le blocus de Bab-el-Oued, pour que, empêchés de sortir, les habitants de ce quartier restent confinés chez eux et que les femmes, obstinément, comme un acte de révolte, fassent des gâteaux pour conjurer le malheur. Ces jours de malheur avaient été déterminants dans la révélation de notre solitude. Plus rien ne pouvait désormais sauver « notre » Algérie. Tout semblait se retourner contre nous, plus d'alliés, plus de protection. De quelque côté que nous nous retournions, c'était toujours la même hostilité, la même haine. On était devenus les ennemis à abattre, les empêcheurs de tourner en rond, ceux qui mettaient les derniers obstacles à la livraison du pays. Mais ces temps de blocus avaient quelque chose d'émouvant qui nous reliait. C'était un camp retranché, la force publique, les armes de guerre, les bombes cachées au coin des rues, les fellaghas infiltrés jusque dans l'armée française, les avions de chasse, les hélicoptères qui frôlaient les terrasses pour terroriser les habitants, tout avait été mis en place pour éradiquer la prétendue révolte. C'était la France qui nous faisait maintenant la guerre. On n'était qu'une poignée d'hommes et de femmes, d'enfants et de vieilles personnes, et l'on jetait le feu des armes sur nos terrasses, dans nos rues, on mitraillait les façades de nos maisons. Jamais Bab-el-Oued n'avait connu tel silence dans la journée. Il pesait comme une chape de plomb sur le quartier assiégé, c'est qu'il fallait à tout prix empêcher les habitants du quartier de rejoindre l'armée secrète et de faciliter son action.

Pour cela, l'état-major français avait déployé les grands moyens. Excédé par ce mois de mars calamiteux et de plus en plus violent, il semblait avoir ostensiblement choisi son camp. Les ennemis n'étaient plus les Arabes, mais nous autres, les Français d'Algérie, qu'il fallait museler et soumettre. Au pire éliminer, au mieux pourchasser. Depuis le 1er mars, l'OAS n'avait pas laissé passer un jour sans faire entendre sa voix. Elle était partout. La nuit, ses membres se faufilaient dans les rues, écrivaient en grosses lettres peintes sur les murs des menaces : « OAS veille », « OAS voit tout », assorties de grands yeux cernés de noir comme ceux des masques des pharaons. Des bombes explosaient de tous côtés, ici des voitures piégées dans des quartiers arabes, là des prisonniers FLN tués dans leurs propres cellules. La politique de la terre brûlée, sous la pression des négociations d'Évian, commençait à être très visible. Une nouvelle terreur s'installait.

Quand, le 13 mars, furent publiées les premières mesures que la France allait prendre pour nous accueillir, la nouvelle se répandit comme une traînée de poudre. C'était donc vrai, il fallait partir, quitter la terre de notre enfance, rejoindre la France que l'on avait tellement mythifiée qu'elle nous paraissait maintenant étrangère, presque hostile. L'OAS se déchaînait, elle répondait par des assassinats qu'elle jugeait légitimes face à la perte du pays et à l'abandon de ses habitants français. Le 15 mars, un de ses commandos tua le poète kabyle Mouloud Feraoun, il était le poète de la terre algérienne, le chantre non pas des fellaghas mais d'un pays que nous aimions tant.

Son meurtre, suivi de cinq autres dans le quartier populaire du Beau-Fraisier, à mi-chemin entre Bab-el-Oued et El-Biar, résonna comme un glas. On tuait les poètes, les plus innocents de tous, parce que tuer Feraoun, c'était tuer l'enfance, ses émerveillements, son regard devant la nature. Au-delà de Feraoun, c'était toute la Kabylie qui était meurtrie, ses montagnes violettes et ses terres ocre, ses bois de genévriers et d'arbousiers, ses petits villages accrochés au flanc des collines, ses oueds asséchés qui longeaient les palmiers, où coulait cependant un ruisseau gluant de dattes trop mûres…

Et puis les faits s'enchaînaient, implacables. Le FLN était devenu un parti politique légal, le 18 mars, ceux que nous appelions les « assassins » étaient traités comme des partenaires politiques sérieux. Krim Belkacem se congratulait avec Jean de Broglie dans les grands salons d'un palace d'Évian ; celui qui avait été le collecteur de fonds du FLN, Abderhaman Farès, était libéré de prison ; deux jours plus tard, ceux qui avaient initié la révolution étaient eux aussi libérés de leur assignation à résidence. Mais quelle résidence ! Le château d'Aulnoy, où avaient été hébergés par la République Ben Bella et ses amis ! De l'Algérie, on imaginait la détention des prisonniers de la France : l'ancien pavillon de chasse d'Henri IV, bordé de ses douves, avec son escalier à double révolution et son parc de marronniers et de chênes, pour ceux qui avaient commandité tant de meurtres à l'encontre des Français d'Algérie et même des Algériens, tant en Algérie qu'en France même !

Mais rien n'était encore achevé. Il fallait boire jusqu'à la lie la coupe du désaveu et de l'injustice. L'OAS se faisait chaque jour plus pressante. Elle nous incitait à nous engager auprès d'elle, elle menaçait et elle veillait. Les termes de ses tracts étaient sans ambiguïté. Il fallait s'exécuter ou bien risquer sa vie. L'Armée de libération dissipait tous les doutes que nous pouvions avoir, nos espérances secrètes aussi : malgré tout, y avait-il encore une chance de rester ici, malgré la guerre, malgré les blessures ? Confusément, restait une toute petite place à l'espérance. On comptait peut-être sur ce que cette terre possédait de forces d'amour et de beauté, et que l'on espérait maternelle, pour qu'elle rassemble tous ses enfants. Mais le FLN avait aussitôt ruiné nos tentations. « OAS ou pas OAS, déclara-t-elle, le 20 mars, à Médéa, de la bouche d'un de ses officiers, nous ne voulons plus de Français en Algérie. » Le rideau était tiré et la comédie finie. *Baraket, adios,* comme on disait !...

Il fallait donc partir. Tout s'enchaînait tragiquement. On avait l'impression que le temps ressemblait à une grande bouche d'ombre qui avalait tout sur son passage. On était happés dans cette histoire, dévorés, abandonnés. Ma mère disait que nous n'avions pourtant pas encore atteint le fond. Elle prédisait des temps proches et terribles. Elle voulait que l'on vive dans les pièces les plus retirées de la maison pour éviter les balles perdues, les explosions de bombes. Comme au temps de la dernière guerre mondiale, elle rabattait des rideaux très épais aux fenêtres pour que la lumière, le soir, n'attire pas l'attention des tireurs isolés. Des Arabes comme des soldats français tiraient ainsi à vue, pour « faire un carton », comme ils disaient : on était devenus la cible de toutes les forces en présence.

L'OAS était apparue alors aux yeux des pieds-noirs comme la seule issue. L'aventure aléatoire de ses chefs ne promettait rien de bon, mais c'étaient eux seuls qui nous défendaient, nous rassuraient, et surtout ne nous accablaient pas. Leur violence nous inquiétait cependant. Répondre à la violence par les mêmes moyens faisait peur. L'escalade tragique se poursuivait. L'OAS tirait maintenant des obus de mortier sur la Casbah. Sur la place du Gouvernement, elle avait installé ses armes et elle bombardait littéralement la ville arabe. On savait qu'en retour c'étaient les nôtres qui seraient tués, sauvagement. Le 22 mars, une vingtaine de civils musulmans sont tués. Parmi eux des femmes et des enfants. La fureur est à son comble. On entend par la radio de l'OAS que des Arabes, fanatisés, marchent vers les quartiers européens, armés de machettes et d'outils de fortune, des bois au bout desquels sont accrochées des lames de rasoir... Toute la ville est à feu et à sang, dans une sorte de chaos indéchiffrable. Chaque camp se fait justice. L'armée française n'a plus d'autorité, pire encore, les condamnés FLN sont amnistiés. Des commandos de l'Armée Secrète sillonnent Alger, dressent des embuscades contre les forces de l'ordre. Dix-huit gendarmes sont tués le même 22 mars, 25 autres blessés. Des centaines de millions de francs sont dérobés dans une banque oranaise par un autre commando OAS, le butin est le trésor de guerre qui servira à acheter de nouvelles armes.

À la maison, c'est la désolation. Ma mère est prise d'une panique intérieure qui l'oblige à s'occuper frénétiquement du ménage et de la cuisine. Elle savait que tout irait au désastre. Elle a fait des provisions pour tenir plusieurs mois. De la farine, du lait, des confitures, de la semoule, du riz, de l'huile… Avec ça, dit-elle, on tiendra longtemps. Elle refait les gestes que je l'ai toujours vu faire… Rouler la semoule pour faire du couscous, faire des beignets, des cocas, ces « chaussons » à la mode pied-noir fourrés de tomates et de poivrons… Elle prépare aussi de la pâte à crêpes, dans la nuit d'Alger, elle les fait sauter au-dessus du feu et c'est comme dans *Sans famille*, lorsque le petit Rémi revient chez mère Barberin, et qu'elle lui fait des crêpes avec ce qui lui reste de beurre et de farine… Une nuit de fête quand même, dans l'explosion des bombes, régulière et sourde, qui fait trembler Alger…

Mais, le 23 mars, les choses ont basculé. La guerre, la vraie, avouée, délibérée, est officiellement signifiée par la France elle-même, à l'encontre, fait extraordinaire, d'autres Français ! La guerre civile commence vraiment. Curieusement, les Arabes nous paraissent soudain moins menaçants. À Paris, le pouvoir politique a décidé de liquider l'OAS par tous les moyens. Le prix du sacrifice, ce sont encore une fois les Français d'Algérie, valetaille négligeable venue de tous les pays pauvres du bassin méditerranéen que l'on redoute de voir s'installer en France..

Les intellectuels français excitent cette tendance, trouvant pour une fois dans la droite une oreille complaisante. Jean-Paul Sartre affiche clairement la couleur : les pieds-noirs, c'est peut-être regrettable mais c'est ainsi, seront les agneaux du sacrifice !

Ces jours-là de mars 1962, les nouvelles vont lentement à Bab-el-Oued. D'ordinaire le quartier si vivant, si coloré s'est comme évanoui. Il y règne un silence de mort, déchiré de temps à autre par des rafales de mitraillette... Le couvre-feu a été installé pour toute la journée et la nuit entière bien sûr. Seules les femmes peuvent sortir entre 9 et 10 heures du matin pour aller s'approvisionner en nourriture. De toute façon, les marchés sont fermés. Quelques marchands ambulants des quatre saisons, et quelques épiceries tenues par des Mozabites ont entrouvert leurs rideaux de fer et proposent encore des pâtes et du riz. Mais tout a été déjà dévalisé. Il ne reste presque plus rien. À travers les claies des persiennes, on peut voir des chars d'assaut et des patrouilles de gendarmes et de soldats du contingent arpenter les rues. Des hélicoptères sillonnent le ciel, rasent les toits. Face à nos balcons, au-delà de la montagne d'El-Khettar, on aperçoit les premières lignes de la Haute Casbah. Des Arabes sont alignés le long des murs des maisons et regardent l'étrange ballet de soldats qui se déroule sous leurs yeux. Ils ne comprennent pas tout à fait ce qui se passe mais ils imaginent bien que la terreur a changé de camp. Avec une certaine satisfaction, ils voient que les pieds-noirs sont maintenant la cible d'autres ennemis. Plus la peine de faire le sale boulot. Les Français de métropole ont pris le relais des fellaghas ! Des haut-parleurs diffusent dans les rues des messages alarmants : interdiction de sortir, avertissements selon lesquels l'armée tirera à vue sans sommation sur ceux qui s'aventureront à défier le couvre-feu…

Les immeubles résonnent d'un silence lourd et inquiétant. Dans les cours, les enfants ne jouent plus, cloîtrés dans les pièces les moins exposées aux balles. Par intermittences, on entend des rafales, longues, interminablement longues qui rayent l'air et le silence. Sur les terrasses des maisons, l'armée triomphe en maître absolu. Elle a installé ses radars, ses mitraillettes, ses barbelés. Nous habitons rue Soleillet, du nom d'un explorateur qui, après la guerre de 1870, avait arpenté le Sahara. De la rue Mizon, toute proche, part un coup de feu : l'armée, se croyant prise dans une embuscade, tire à vue, répond à la mitrailleuse lourde, pendant près d'une demi-heure. Les immeubles sont visés, l'armée tire vers les fenêtres, les balcons, prise d'une sorte de folie meurtrière comme un long défoulement de haine qui s'épanche là, dans le bruit et le claquement des armes.

Les nuits passent dans cette angoisse. Quelquefois, on entend des pas dans la cage d'escalier, lourds et bruyants. Ce sont les soldats de l'armée qui viennent perquisitionner, tout est incohérent, sans logique, ils passent au crible les premiers étages et puis repartent sans atteindre les derniers. Au passage, ils fouillent sans ménagement, pillent même, retournent les meubles, vident les armoires.

Au total, plus de 8 000 appartements sont ainsi visités. Il n'y a rien à dire, il ne faut pas se révolter. On sent bien que c'est la fin, qu'il faudra à présent partir. Mais aller où, quand on voit la haine qui habite les soldats quand ils nous regardent, furieux d'avoir quitté la France pour défendre ces prétendus Français, cette canaille raciste et colonialiste ?

Le bateau cependant file droit vers Marseille. Les côtes françaises sont encore loin. Ce n'est toujours que la mer, plate, infiniment anonyme, le paquebot semble défier les éléments, il avance, sûr de lui, fend les paquets de mer, laisse derrière lui des sillages épais d'écume qui lentement se fondent dans l'eau et lui rendent sa surface lisse. De quelque part que je me tourne, sur le pont supérieur, ce n'est que la puissance aveuglante de la mer. Elle scintille sous le soleil. Un vent frais, des embruns fouettent doucement nos visages, effacent sûrement les larmes de beaucoup d'entre nous. Chacun est replié sur son histoire. Il y a peu d'échanges, étrangement. Les nouveaux exilés ne s'adressent presque pas la parole. Ce n'est plus le joyeux brouhaha des jours fériés, à Bab-el-Oued, à l'heure de l'apéritif et du marché. Cette connivence et cette proximité entre nous. Des voyageurs gardent farouchement leur chaise longue, leur transat, leur plaid en prévision de la nuit prochaine. Je dormirai dans une cabine, mais je me suis promis de venir en pleine nuit sur le pont supérieur pour goûter le silence, voir défiler les étoiles, et briller la lune qui argenterait les vagues, les ferait presque blanches. Du moins c'est ainsi que j'imagine une traversée nocturne. Comme dans ces tableaux du romantique Friedrich, qui peignait la solitude des nuits océanes et leur silence.

Ma mère a préféré s'isoler dans sa cabine, comme si elle ne voulait plus rien voir du jour et de la nuit, dans une hâte confuse de reprendre pied ailleurs, de tout effacer et de recommencer. Mais comment recommencer ? Comment retrouver la douceur d'un autre foyer ? Comment avoir ce courage-là de tout reprendre ? De vieilles femmes sur le pont ne voient plus d'avenir possible pour elles. Je le constate à leur manière d'être prostrées, d'attendre, de voir défiler le temps devant elles, de croiser leurs doigts et de les décroiser. De rabattre leurs mèches de cheveux blancs sur leur front, et de regarder l'horizon de manière indifférente, presque hagarde.

Une nuit encore et le lendemain matin, ce serait l'apparition. Les côtes françaises, celles que je découvrais autrefois avec mon père, joyeux et toujours ému. C'était alors un jeu à qui les verrait le premier. C'était un étrange moment, rien sur la ligne d'horizon qui eût pu faire croire à leur surgissement et soudain, elles apparaissaient, étales, indistinctement, presque immatérielles, irréelles, et peu à peu leurs formes se concrétisaient, les collines, les rivages, les maisons des bords de mer, les îles, le château d'If, et Notre-Dame-de-la-Garde, le port, puis la ville entière…

Mais pour l'heure, c'est la mer indéfinie, angoissante avec sa couleur de métal gris-vert. On parle de passer bientôt le golfe du Lion, un passage toujours difficile, houleux. La météo, jusqu'alors clémente, prédit cependant des perturbations. Le ciel est d'acier lui aussi, avec des éclats durs, menaçants. Les passagers se préparent pour la nuit. Nous avons prévu d'aller dîner, puis de retourner dans notre cabine et dormir. « Tout oublier, comme ça, au moins, on aura la paix… » dit ma mère, toujours fataliste. S'accouder au bastingage a quelque chose d'angoissant auquel j'essaie de me dérober. Il y a presque une tentation à basculer dans les remous du sillage, à se confondre dans le bouillonnement permanent des vagues qui s'entrelacent, se défont, dans d'énormes glouglous.

Dans l'après-midi encore ensoleillée, tous les sièges, les bancs, les transats étant occupés, je m'adosse contre un pan d'acier humide d'embruns. J'ai avec moi mon *Éducation sentimentale*. Le style si précis et si juste de Flaubert me réconforte, me donne des forces, une énergie intérieure. Je ne peux pas accepter cet état de désolation, je refuse de me laisser emporter par la panique, la peur du lendemain, la violence du retour et peut-être par l'idée de la pauvreté à envisager. On fait le voyage en sens inverse, voilà tout, de celui de nos ancêtres. On revient chez nous, dans notre pays d'origine, « de souche », comme on disait. Je sens alors en moi la vigueur des pionniers des premières années de la colonisation, que ni les terres en friche, ni les animaux sauvages n'effrayaient. Recommencer, bâtir, renaître, ce sont tous les mots qui, spontanément, me viennent à l'esprit. Je m'invente de nouvelles conquêtes que je jure d'accomplir. La terre de France pourrait ne pas être un mouroir, un lieu d'exil, mais un nouveau tremplin pour revivre.

Beaucoup sur les ponts ou dans les salles de restaurant ne l'entendent pas de la même manière. Ils pleurent ou se lamentent, presque tous gardent leur douleur au fond d'eux-mêmes comme un poing fermé. Le personnel du paquebot ne prête pas attention au genre de passagers qu'il sert. C'est pourquoi la traversée me paraît étrange, surréelle. Les garçons qui nous servent à table adoptent des attitudes neutres comme si nous étions des passagers de croisière… Les tables sont impeccablement dressées, nappes et serviettes blanches, porcelaine aux chiffres de la compagnie et couverts en métal argenté. Mais tout ce protocole a quelque chose de pathétique et de dérisoire. Dans nos valises, nous n'avons que le strict nécessaire, « pas même une fourchette et un couteau, comment on va manger en France ? » se lamente ma mère ! Chaque heure nous rapproche de la France. Ma mère parle d'« errance », de « voyage interminable ». Elle s'inquiète de savoir si de vagues cousins qui nous attendent seront au débarcadère à Marseille et « Dieu sait, dans la cohue, dit-elle, si nous pourrons les retrouver et même les reconnaître : ça fait si longtemps qu'on ne les a pas vus ! ».

Le bateau avance toujours régulièrement sans trop de houle. Peu de gens ont le mal de mer. Sur le pont supérieur, on sent mieux cependant le tangage, les mouvements réguliers du roulis. Les vagues qui s'entrechoquent font des bruits de succion, énormes et gloutons. Le bateau sur la mer a des allures de géant qui fait peur. L'arrivée est prévue le lendemain. On annonce toujours de fortes perturbations lorsque nous nous engagerons dans le golfe du Lion. Mais on n'y est pas encore. On sait que ce passage, s'il est toujours difficile, est aussi synonyme de l'approche des côtes françaises. Nos épreuves sont si grandes, si douloureuses que cela ne nous fait pas peur. J'ai l'impression de devoir passer par une nouvelle épreuve sur une voie initiatique : l'expression même de « golfe du Lion » a quelque chose d'effrayant et de mythologique. C'est comme dans les récits d'Ulysse : des mers inquiétantes, habitées d'êtres surnaturels, d'animaux légendaires, de monstres marins… L'après-midi s'écoule dans cette mélancolie teintée parfois d'effroi. Je ne sais pas de quelle nature sont ces frissons qui quelquefois me parcourent le corps : l'humidité de la mer, le crépuscule qui s'annonce ou bien la peur de l'inconnu ? On va sur cette mer, sur cette étendue innommée, vers où, vers quoi ?

Je préfère la plupart du temps être seul. Ma mère reste dans la cabine, allongée, redoutant le mal de mer, ne voulant surtout pas voir le paquebot tanguer. Et puis le spectacle de ses compagnons de voyage et d'infortune la désespère. Elle veut être seule, réfléchir à notre arrivée, et mieux encore, oublier, s'effondrer dans le sommeil. Je me hasarde sur tous les ponts, parlant à certains, les consolant même. Tous ont le visage sombre, et les traits tirés de tant d'heures d'épreuves et de souffrances morales.

Je retrouve un camarade de ma classe de 3e du lycée Bugeaud. On ne se fréquentait guère alors, mais la traversée nous réunit. Il y a quelque chose dans ce malheur qui est fraternel et solidaire. Il me raconte ses projets, il s'installerait avec ses parents sûrement à Marseille, il entrerait au lycée en seconde.

Marseille est naïvement considérée par les rapatriés comme une ville algérienne, elle en a le style, les mœurs, le climat et la proximité immédiate de la mer la fait ressembler à Alger ou à Oran. Et jusqu'à la basilique Notre-Dame-de-la-Garde, juchée sur sa colline, qui est le pendant de Notre-Dame d'Afrique, bâtie au-dessus du quartier de Saint-Eugène… La ville possède de plus ce mélange des communautés, on y vit entre Arabes et Français, dans la même pittoresque exubérance, des rues entières sentent les épices et les savons trop parfumés, et de la musique orientale s'échappe fréquemment des magasins. Les pieds-noirs voient donc de nombreux avantages à s'installer ici. Pour moi, je ne suis pas tout à fait sûr du raisonnement. Il me semble qu'il faudrait plutôt se fondre dans le tissu français, rejoindre le vrai génie du pays, ses campagnes et ses saisons bien tranchées. Je pense qu'il faudrait fuir au contraire la côte méditerranéenne, qui nous laisserait trop nostalgiques, et nous confinerait dans le souvenir inconsolable. J'aimerais retrouver les régions que mes ancêtres avaient eux-mêmes délaissées pour l'Algérie. L'Alsace, la Franche-Comté me sont des terres chères et complètement inconnues. J'imagine des paysages forestiers, de grands lacs et des hivers rudes, des coutumes chaleureuses autour d'un feu de cheminée, de grandes promenades dans les bois, des cueillettes de champignons, de marrons, de baies : toutes sortes d'activités que nous ignorions complètement et que j'avais lues dans des romans français.

Sur le pont supérieur, je confie cependant à mon camarade cette promesse solennelle : je ferai des études supérieures pour devenir professeur de français, et peut-être même deviendrai-je un écrivain ! Il y a une revanche à prendre sur le malheur. Apprendre le français aux petits Français me paraît jubilatoire, moi qui ne suis que le petit garçon de Bab-el-Oued, jeté à la mer avec une valise ! Quant à être écrivain, cela me semble jouissif au plus haut point. C'est une autre aventure pionnière qui s'ouvre devant moi. Mon camarade ne comprend pas très bien l'enjeu de ce défi. Je ne le trouve pas assez volontaire, pas assez guerrier. Je me dis, tandis que le paquebot file tranquillement sur la mer, que je me prépare à d'autres combats et que cette guerre d'Algérie, vécue dans la terreur et la violence, m'a forgé un cœur de petit soldat qui saurait se battre.

Les passagers du *Ville d'Alger* se préparent à la nuit qui commence à tomber. Le paysage est magnifique. L'eau, à peine mouvante, brille sous les feux des derniers rayons du couchant. Leur lumière, rase, jette une nappe brillante sur l'immensité de la mer, comme une laque. La lune, très haute, et pâle, va prendre le relais. Verser sa lueur de lait sur la mer. Comme pour conjurer la tristesse du voyage, l'équipage a éclairé les ponts de guirlandes de lampes électriques de toutes les couleurs. On croirait à une fête foraine ou à un bal du 14 Juillet.

Personne pourtant ne pense à la fête. Il y a un décalage surréaliste entre les pensées sombres qui animent les passagers et ce rituel protocolaire du voyage qui ne tient compte d'aucune situation. Certains croient à une provocation du personnel, à une sorte de cynisme discret, ils se pelotonnent dans leur plaid et s'enfoncent dans leur transat, prêts à affronter la nuit. Les moteurs tournent à plein mais leur bruit régulier finit par rejoindre le silence. Où est passée cette gouaille bavarde qui définissait tant les pieds-noirs ? où, leurs plaisanteries colorées ? où, leurs histoires drôles ? où, leur optimisme qu'ils croyaient invincible ?

C'est une petite société qui s'est néanmoins refondée. Il y a le personnel qui est poliment attentif aux besoins des voyageurs, il y a ceux qui sont prostrés et attendent dans une sorte de désespérance leur arrivée, et ceux qui font déjà leurs plans dans la tête, organisent leur retour. Chacun vaque à son occupation. C'en est fini de la guerre, des explosions à toute heure de la journée, des menaces et de tout craindre. La traversée joue soudain un rôle pacificateur, c'est un temps inconnu, lent et sans référence aucune : on va seulement, on est parti.

Je m'interroge intérieurement sur ce que cela peut représenter, la perte de nos repères, l'absence de nos paysages. Cette impression du « jamais plus » qu'il faut maintenant vivre, du deuil irrémédiable, sans recours.

Il faut rassembler toute cette moisson d'images et de temps forts, en faire de grandes brassées, et les couler dans la mémoire, pour qu'un jour, en France, ils ressurgissent, intacts, comme des fragments de vie vraie, jamais éteints.

La nuit s'est maintenant installée. Elle recouvre tout, autour de nous, mais peu à peu s'accrochent des étoiles au firmament. Il suffit d'y prêter attention et de les voir une à une s'éclairer dans le ciel comme aux premiers temps du monde. A-t-il donc fallu ces jours d'exode et de malheur pour redécouvrir les merveilles et les éblouissements des premiers jours et des premières nuits et la féerie des étoiles filantes qui se jettent au bout de l'horizon ? Sur le paquebot, la soirée ne fait que commencer. Avant le dîner, au foyer des 1res classes, un apéritif est servi. Je n'y ai pas accès mais je peux apercevoir le grand salon où se rassemblent déjà quelques voyageurs. Cela m'étonne de voir leur disponibilité dans des moments si féroces. Un homme soudain quitte une table et se dirige vers le piano à queue qui trône dans la salle. Profitant de l'absence momentanée du pianiste, il s'échauffe rapidement les doigts en faisant quelques gammes, puis se met à jouer un pot-pourri de grands airs célèbres de musique française. J'entends, de la porte, la rumeur des conversations, des bruits de verre s'entrechoquer, même des éclats de rire. De quoi parlent tous ces gens ? Un air connu emplit le salon et les coursives. C'est *Besame mucho*, un tango lancinant dont je connais un peu les paroles parce que ma mère les fredonnait à Alger pendant qu'elle cuisinait. La mélodie est très mélancolique, une tristesse douce s'en échappe, comble tout l'espace. La musique se répand partout, gagne le pont où je suis monté. Certains la prennent au passage et retrouvent les paroles, les chuchotent doucement, elle devient une berceuse pour ces exilés, se faufile entre les transats, et s'efface au large. Depuis le pont, l'on entend ainsi monter d'autres musiques. Une paix tranquille plane, qui s'est substituée à la colère et à l'inquiétude.

C'est peut-être à cet instant-là que je comprends vraiment la nature de l'exil. Ce que revêt ce mot. Ce dont il est chargé : d'une fatalité pesante et d'un consentement docile. D'une indifférence triste et d'un détachement. L'exil, c'est à la fois un état nourri d'abandon et de tristesse, d'images lointaines, presque effacées d'un temps d'où ne restent que des instants heureux, une impression d'éloignement et d'étrangeté, une manière d'être toujours décalé par rapport au monde courant, de ne pas s'en sentir concerné, quelque chose qui nous met toujours « hors de » tout, comme l'étymologie du mot le laisse penser. Je perçois les premiers symptômes de cette curieuse maladie, les premières atteintes : j'ai déjà perdu cette insouciance des jours heureux, cette innocence aussi auxquelles les rivages bénis de l'Algérie nous ont fait croire. La mer elle-même n'a plus cette force maternelle et consolante que je lui trouvais quand je me baignais dans de petites criques bien abritées, sur la corniche d'Alger. De gros bouillons d'eau noire, des paquets de mer fendus en deux par le sillage du paquebot, semblable à une hache, ont remplacé la douceur des bains de mer. Je sais que jamais plus la mer ne restera cet élément bénéfique qui me dynamisait, me donnait des forces, me caressait quand je me baignais dans elle. Elle est devenue, le temps d'une traversée, mauvaise, violente, et noire.

L'exil est ainsi associé d'emblée à la perte des « vraies richesses », comme disait Edmond Charlot, le premier éditeur d'Albert Camus à Alger, à une humeur mélancolique. Il est lié encore à l'instabilité. Nous avions vécu dans une sorte de temps permanent, que la guerre avait troublé et parasité, mais sans tout à fait l'altérer. Pendant près de huit années, nous avions essayé de réparer les accrocs que le terrorisme, la violence avaient provoqués sur la grande toile paisible de notre petit monde. Mais les déchirures, les trous, n'avaient fait qu'augmenter, et tout était parti en lambeaux. La nature même de l'exil est là : dans cette défaite, dans ce désastre. Ce désordre.

Le piano joue les dernières notes de *Besame mucho*. Une vieille femme à côté de moi en redit les paroles, de ses doigts, elle scande la mesure, doucement, elle chante en espagnol : *Como si fuera esta noche la ultima vez/Besame*

besame mucho/Que tango miedo perderte, perderte otra vez...
Je m'approche d'elle :

— Vous la connaissez bien, cette chanson ?

— Oh oui, mon garçon. Ils la jouaient toujours au dancing Padovani, quand j'y allais autrefois avec mon fiancé... Tu connais Padovani, toi aussi, tu es d'Alger ?

Oui, bien sûr je connais Padovani. Les bains Padovani précisément. C'est en bord de mer, le long de la corniche. En bas de Bab-el-Oued. Un établissement populaire composé d'une plage privée, avec des jeux et des transats à louer, une brasserie et un dancing. Chaque fin de semaine, la jeunesse du quartier vient danser au rythme des mambos et des cha-cha-cha. La salle de bal, montée sur pilotis, domine la plage, et toute la façade maritime est vitrée, donnant sur le grand large. C'est un lieu incontournable de la petite vie heureuse des pieds-noirs. On disait : « À quelle mer tu vas ? » et l'on répondait « À Padovani ou bien à Matarès, un autre établissement privé. » L'entrée n'est pas chère, quelques sous, mais les mères aiment à y aller parce que la baignade est surveillée. À vrai dire, on ne craignait pas grand-chose, aucun courant dangereux, aucune lame, aucune grosse vague ne venait inquiéter les baigneurs. La plage de sable était tranquille et avait l'avantage d'être rapidement accessible. Pas besoin de prendre la voiture pour aller sur les autres plages du littoral, supporter des embouteillages à l'heure des retours.

Padovani, c'étaient les bains de mer au pied de nos maisons... On y allait comme on allait faire une course au marché ou chez le boulanger… De mémoire de pied-noir, le lieu avait toujours existé… Un soir, Albert Camus, encore jeune étudiant mais responsable de la troupe du Théâtre du travail, officine émanant du Parti communiste algérien, avait eu l'idée en apparence saugrenue mais géniale de représenter *Le Temps du mépris*, une nouvelle d'André Malraux qu'il avait adaptée pour la scène, dans la salle de bal de Padovani… Ce soir-là, la mer était exceptionnellement agitée. De grosses vagues se fracassaient contre les rochers en contrebas. En se retirant, elles faisaient d'énormes bruits de succion entre les pilotis… Toutes les baies qui donnaient sur la mer avaient été ouvertes, des centaines de spectateurs s'étaient agglutinées jusque sur les rebords des fenêtres au risque de basculer, et la mer, démontée, s'était invitée dans le spectacle, accompagnant les dialogues. C'était dans les années trente, et ceux qui y avaient assisté parlaient encore avec émotion, plus de vingt ans après, de ce moment fabuleux de communion. Une énergie immense avait circulé entre les acteurs amateurs et les spectateurs, une fraternité à laquelle les éléments naturels s'étaient associés…

Moins épiques et moins furieuses, nos après-midi d'été à Padovani étaient reliées à l'idée du bonheur. C'étaient des heures rituelles, le bain, les jeux sur la plage, le goûter de quatre heures composé d'un beignet dit « italien », roulé dans le sucre cristallisé, et si l'on avait été sages, un cornet de glace, généralement à la vanille ou au citron vert ou bien, dernière mode, un roudoudou, un gros coquillage rempli de sucre candi qu'il fallait lécher…

Ainsi allaient les jours, le temps : immuables. La guerre n'entrait pas encore dans ces lieux. Les poseurs de bombes n'osaient pas s'attaquer aux enfants, aussi publiquement. C'était dans les douars reculés de la haute Kabylie que certains révolutionnaires avaient assassiné des enfants, des nouveau-nés même, pris par les pieds et fracassés contre les murs ou les troncs d'arbres. Ces choses-là restaient assez discrètes, mais des « livres blancs » circulaient et des photos des pauvres enfants mutilés ou assassinés avaient été prises… De jeunes Français mais aussi de jeunes Kabyles dont on pensait que les parents n'étaient pas assez coopérants avec le FLN ! Ces publications entretenaient la haine et la suspicion entre les deux communautés. Elles affligeaient les pieds-noirs, les rendaient ivres de vengeance et elles contentaient finalement les fellaghas parce qu'elles révélaient leur but : instaurer la terreur…

À Padovani, les jours d'été, l'ambiance était donc bon enfant. À partir de 1960 cependant, devant la montée du terrorisme, des gens nous fouillaient en entrant. On vivait ainsi, dans cette insouciance d'été et, en toile de fond, l'ombre sournoise de la menace, toujours possible, à nos portes… On apprit peu à peu à vivre avec ces ombres funestes. Mais elles nous faisaient renoncer rarement aux rites typiques de notre vie.

Le bateau file sur la mer et dans la nuit. Sa course bien réglée nous mène toujours plus près du but, de cette France à la fois tant aimée et redoutée. À ce stade du voyage, on ne mesure pas encore les nouvelles épreuves à venir, les rejets et même la haine. Après le temps de la guerre, c'est pourtant pour nous aussi et pour parodier le titre de la nouvelle de Malraux adaptée par Camus, « le temps du mépris » qui commence. Le mépris des Français de métropole à notre égard, nous l'avons déjà perçu de manière palpable, presque charnelle. Il suinte de leurs regards et de leurs paroles. C'est un étrange sentiment que nous éprouvons envers eux : si nous les savions hostiles à notre venue, on les accablait depuis longtemps nous aussi de noms d'oiseaux : « cachets d'aspirine » pour évoquer la blancheur de leur peau, comme si le soleil que nous aimions tant ne les avait marqués de ses rayons puissants et de son sceau ardent, et ne leur avait insufflé son énergie et sa force vitale. On les appelait aussi les « Francouis », expression mêlée de mépris mais dont l'étrangeté en faisait un peuple lointain et abstrait. Mais surtout, c'était leur non-appartenance à cette civilisation du soleil et de la mer qui nous les rendait différents.

Et, en même temps, nous enviions tout ce qui faisait la mythologie de la vieille France, son histoire rurale sur une terre au climat souvent rude et pluvieux, et qui était si éloignée de nos usages familiers. Nous imaginions la France à travers des images, des tableaux de peinture fameux et poétiques, les gelées blanches sur les labours qu'aimait tant à peindre Millet et Bonnard, les paysages enneigés de Monet, les forêts profondes de la Corrèze et du Limousin, à travers les poètes du XIXe siècle et les romanciers de l'après-Première Guerre mondiale, François Mauriac, André Maurois, Anatole France, Pierre Loti, à travers encore les chansons de Charles Trenet évoquant la douce France, le « cher pays de notre enfance », à travers des clichés et des cartes postales, mais très vite nous allions déchanter.

C'était une étrange impression que d'aller ainsi vers un but que nous n'avions pas désiré, et d'y aller « une main devant, une main derrière », comme on disait, c'est-à-dire avec rien. Ma mère, en bonne chrétienne, croyait toujours à la Providence, elle pensait se refaire une nouvelle vie, plus apaisée enfin, plus à l'abri. J'étais, d'une certaine manière, plus sauvage, plus guerrier.

Face à la nuit noire, sur le pont, le visage fouetté par les embruns de la mer, j'ai l'impression de défier le destin, de le braver. La nuit s'est bien installée. Les guirlandes de lampions ont été éteintes. C'est l'heure des derniers verres d'alcool, des dernières gorgées de cognac dans le foyer, que prennent encore quelques rares passagers. Un silence profond, immatériel s'est répandu dans tout le paquebot. On entend plus distinctement le bruit des machines, le roulement des moteurs, et même le fracas de la mer fendue en deux par l'énorme proue. Presque plus personne ne parle. Les voyageurs dorment, somnolent plutôt parce qu'ils restent toujours inquiets sur ce sol instable. On peut voir l'avancée de notre route au passage, fugace, des nuages. Il faut bien que je regagne ma cabine, malgré l'envie que j'ai de rester sur le pont, au milieu de ceux qui dorment sous les étoiles. Dans la solitude farouche du pont supérieur, il y a déjà tout l'entendement de l'exil, tout ce qu'il peut comporter de pauvreté et de dépassement de sa propre personne, je dirais encore cette force légendaire qu'il transporte avec lui. L'impression d'être broyé dans plus fort que soi, et de plus grand de toute façon, la conscience soudaine d'être tout petit, fétu de paille ballotté sur les mers, et engagé dans la marche inexorable du monde sans qu'on le veuille. C'est à la fois un défi et un accablement, et cette certitude surgie de la nuit et de la mer, dans le fracas des vagues et dans le ronronnement constant des moteurs. L'ironie du sort veut que le paquebot s'appelle *Ville d'Alger* comme si, jusqu'au bout, nous devions être dans l'histoire de cette ville. Je trouve qu'il y a là quelque chose de cruel et de cynique mais en même temps, l'on peut en dire le contraire : Alger, notre ville, nous a embarqués dans ce paquebot parce qu'elle veut conserver jusqu'au bout le lien.

La nuit est devenue presque froide. Une humidité due aux embruns mouille mon visage, le rend moite. Je marche vers l'avant du bateau. Confusément, je veux en être la proue, affronter les côtes dont à chaque seconde nous nous rapprochons, ne pas laisser le destin s'occuper de nous, ne plus le subir, mais le défier. Retrouver la force des premiers colons. Mes ancêtres. Revient alors l'histoire ancienne, celle des légendes, embellies et rebrodées, racontées à l'heure des veillées, dans les pièces du fond de la maison, les moins exposées aux balles perdues. Elle remontait des grands fonds de la mémoire, intacte, comme tirée d'un album d'images pieusement collées. Être pied-noir reste toujours une affaire de rivages. Faire partie d'un peuple migrateur, toujours en partance, garder l'œil vif et à peine tremblant pour mieux percer la silhouette des côtes, être sur le qui-vive, un peu comme ces petits passereaux affublés du même sobriquet et qui connaissent pourtant les risques des migrations, les dangers à se poser sur une terre qu'ils occupent un temps et d'où le climat finit par les chasser, et recommence alors le grand exil, la traversée des mers, l'épuisement des plus faibles, la rage de ceux qui sont en tête et qui tracent la voie, connaissent de mémoire la route obscure et mystérieuse.

Le paquebot, avec sa masse brutale et rassurante, fonce dans la nuit. Tout comme le vol des passereaux. La nuit reste cloutée d'étoiles. Les formes qu'elles dessinent dans le ciel noir rassurent, je pense qu'elles sont là depuis le début des temps et qu'elles servent de boussole aux peuples errants. Certaines filent dans la nuit, et semblent se jeter dans la mer. Dans leur sillage, des queues de poudre étoilée, comme dans les contes de fées. Tout dort sur le pont. On peut capter la fatigue des voyageurs à leurs respirations lourdes, à leurs ronflements, certains ne dorment pas, des sanglots s'échappent, des conversations à bas bruit pour tromper l'angoisse. Demain est inéluctable et fait peur. On va bientôt entrer dans le golfe du Lion. La mer y sera plus houleuse, plus forte même quelquefois. La clémence du climat ne présage rien.

Je descends enfin sur le pont inférieur, longe les coursives des classes touristes, et rejoins ma cabine. Mes parents y dorment déjà, accablés de fatigue et d'émotion. Je ne parviens pas à trouver le sommeil. Trop de souvenirs, trop d'événements précipités, trop d'images m'en empêchent. De quoi sera rempli demain le réservoir de la mémoire ? Que va-t-il conserver à mon insu, contre mon gré, de quoi va-t-il se délester, et tout aussi bien malgré moi ? Le temps des exils est ainsi fait qu'il n'est qu'appréhension de l'avenir et nostalgie du passé. Les jours de guerre finissent par être supportables, et ne laisser place qu'aux images douces de l'enfance. On ne rejoint jamais que son enfance. Où qu'elle se soit déroulée, elle est protégée des assauts de l'oubli. Je suis sur le territoire non identifiable de cette mer qui nous emporte loin, sur son espace toujours mouvant. Ses vagues sans cesse changeantes pourraient tout diluer et se fixent en moi cependant des images fortes, inaltérables.

Cette guerre dont tous les politiques d'alors refusaient même le terme était en fait une « drôle de guerre », elle aussi. Au plus fort des combats, des attentats, de la guerre civile, au plus violent de l'insurrection, il y avait dans ce peuple pied-noir un défi qui était lancé, une vigueur et une force intérieure qui ne leur faisaient jamais baisser les bras. Au contraire, on puisait dans la terre natale des forces vives pour nous donner du courage, raviver les défaillances. Les plages, les promenades et les pique-niques dans les pinèdes, les courses dans les rues commerçantes, on ne craignait rien, bravaches, on risquait nos vies, on n'avait pas peur. La vie semblait reprendre ses droits aussitôt après l'explosion d'une bombe. On finissait par nous croire dans notre bon droit, par penser que notre cause était juste, que le temps ferait l'affaire et qu'il nous rendrait raison. L'exil surgit sans que l'on s'y attende. Il y eut en juin avec la menace imminente d'une célébration de l'Indépendance et la politique de la terre brûlée, orchestrée par l'OAS, une prise de conscience brutale, désespérée. Soudain, l'aveuglement était tombé. Il n'y avait plus rien à espérer de quiconque. L'impression de l'abandon s'immisça en nous. On n'avait plus rien à faire ici. Tout se défaisait. Plus personne ne nous comprenait. On était devenu un peuple trop encombrant, inutile. Alors fuir, fuir. Mais où ?

C'est à ce moment-là que chacun commença à se rendre dans les agences de voyages, aux guichets des aéroports et des gares maritimes, pour acheter des billets, des valises, prendre contact avec des transporteurs pour emporter en France ou ailleurs ce qui était encore sauvable. Les grosses fortunes, elles, étaient déjà parties depuis longtemps. Elles avaient mis leur argent à l'abri en France ou en Suisse et même avaient poussé le cynisme à revendre leurs terres au prix du marché ! L'aventure coloniale avait été juteuse pour eux. Mais pour le petit peuple, quel avenir lui était destiné ? Il était venu misérable des côtes de la Méditerranée et de la France profonde pour tromper la misère et faire fortune et il repartait pauvre, humilié, méprisé et malvenu dans une France dont il savait déjà, avant même que d'y avoir posé les pieds, qu'elle l'ignorerait et l'humilierait.

La tête chavire dans cette cabine close de toutes parts. Le paquebot tangue quelquefois, on sent le roulis et cependant sa marche têtue. Un bruit sourd de moteurs, une sorte de ronron qui ne berce pas mais active l'esprit, emballe les souvenirs qui viennent se cogner les uns contre les autres et puis disparaître, s'abîmer comme un bateau fait naufrage, pour céder la place à d'autres images, d'autres traces du temps passé. Je revois la ville dans sa topographie exacte, je sais que je me souviendrai toujours de ses rues, de ses carrefours et de ses parcs embaumants. Est-ce à ce moment-là que je mesure la magie de l'écriture comme si elle allait désormais prendre tout en charge, s'occuper de garder vivantes toutes les sensations d'un temps qui ne sera plus ? L'exil, c'est le *nevermore* du poète, le « jamais plus » qui pourtant obsède et vous tient et que nulle autre joie, nulle autre situation ne viendra remplacer. « Vivre avec, dit ma mère, c'est ton fardeau, mais il est beau, mon fils. Ne l'oublie jamais. Il sera lourd, mais il va embellir tes jours et tes yeux, n'essaie pas de l'effacer de toi. Il reviendra tout le temps. »

J'emballe donc les souvenirs, je ne les trie pas, je les fourre dans la mémoire comme j'ai rempli à la hâte mon unique valise. Pêle-mêle, il y a, contenus, les allées bordées de lantanas et d'arums du parc de Galland, les jeudis exquis à jouer dans la brise parfumée de jasmin du printemps, les après-midi, les pieds dans l'eau, à chercher le long du rivage des coquillages et de petits verres dépolis verts et bleus, les pique-niques sous les pins, les retours du lycée Bugeaud, les heures passées à la maison tandis que la ville est à feu et à sang, occupé à faire des gâteaux pour contenir le temps affreux, les heures incroyables à lire les grands classiques de la collection « Rouge et or » et de la « Bibliothèque verte », les promenades sous les arcades de la rue Bab-Azoun, et tous ces rituels de la vie algéroise que la guerre ne pouvait en aucun cas empêcher, et que nous accomplissions, si imprudents, malgré les dangers.

Mais les heures étaient bénies justement grâce à cette imprudence, à cette innocence que nous mettions à ne rien comprendre vraiment du conflit, des enjeux qui nous dépassaient. Car qui pouvait penser alors dans le peuple que l'Algérie était enviée du monde entier et en premier lieu des Américains puis des Soviétiques qui avaient décidé cyniquement de son indépendance ? Qui pouvait savoir que, malgré les beaux discours, s'était scellé depuis belle lurette et en haut lieu, à l'Élysée, notre sort de condamnés et de parias ? Qui pouvait croire que le général de Gaulle, que nous avions auréolé de toute la gloire de ses hauts faits pendant la dernière guerre, pouvait nous mentir et nous trahir à ce point ? Qui pouvait imaginer la haine des partis de gauche en France à l'égard de la colonisation et de tout ce qu'elle représentait prétendument à leurs yeux ? Tant de violence contre ce peuple d'insouciants et de naïfs qui par la force des choses s'était mis dans les bras des extrêmes pour être sauvé ! À la Libération, les partis de gauche, dits « de progrès », étaient très dynamiques en Algérie. Le Parti communiste particulièrement, les syndicats, faisaient souvent de l'activisme, des grèves, des manifestations. Mais même beaucoup de ces militants-là s'étaient rangés du côté de l'OAS, parce qu'ils voyaient bien, pour la plupart, qu'elle seule voulait nous sauver, nous redonner un peu d'espoir.

Toutes ces histoires se ruminent dans la cabine du paquebot. Mais tout est trop tard. Il y a quelque chose d'irréversible dans cette traversée. Ces passagers qui ne dorment que d'un œil dans cette nuit du malheur savent que l'aurore qu'ils verront bientôt se lever ne sera pas synonyme d'espérance. C'est un peuple meurtri qui ne sait rien de ses lendemains. Il y va quand même, comme on va quand tout est perdu, les yeux baissés, le regard absent.

Sur ce bateau, chacun porte en lui l'histoire passée. Tout est brouillé, plus de haine, plus de ressentiment, plus de rage même. C'est un état singulier, presque atone. Cent ans plus tôt, les premiers colons arrivaient, ne portant eux aussi qu'un balluchon et quelques hardes. Mais dans leurs yeux, le vif espoir de trouver une terre où s'ancrer. Soif des commencements, ivresse des découvertes. Le regard est perçant quand, du bastingage du bateau, ils découvrent enfin les côtes et, dans leur regard, quelque chose de fier et de déterminé qui leur dit que tout commence là, dans la splendeur dorée de ce petit matin, et qu'au-delà du labeur qui les attend, c'est tout un monde qui est à construire et à imaginer. Il y a de la joie sur ce bateau. Rien à voir avec celui du retour définitif. Entre les deux traversées, il y eut un monde qui en effet s'est bâti, selon les instructions de la mère patrie, mais qui, en secret s'en est inventé un autre, fait de petits instants de bonheur, d'heures de grâce où la terre se donnait avec effusion, dans toutes les senteurs déployées. Dans la cabine, je ne parviens pas à faire le vide de tout ce drame. Ni à lâcher prise et mémoire. « Vivre avec », comme disait ma mère.

C'était une enfance dans la guerre. Elle avait surgi un matin de novembre 1954, mais n'avait pas atteint les grandes villes. Tout s'était passé dans les campagnes éloignées, des assassinats comme des signatures, des déclarations de guerre. Des gens simples, gentils et dévoués, égorgés comme des moutons. Des actes rituels, venus de temps très anciens. Les photos du forfait avaient fait la une des journaux, soulevant l'indignation et la colère. Mais personne ne croyait encore à un vrai soulèvement. C'était encore un acte isolé comme il y en eut toujours depuis l'occupation. C'est quand il y eut d'autres assassinats perpétrés selon le même mode opératoire que l'on comprit qu'il s'agissait de tout autre chose. C'était bien une guerre, une vraie, qui commençait. Une guerre ou plutôt une guérilla qui se mènerait sur tous les fronts, dans les maquis comme dans les villes et dont les cibles pourraient être n'importe qui, hommes, femmes, enfants.

À partir de ce moment-là, la vie ne fut plus la même. Elle avait changé non pas de rythme mais de nature. On continuait à sortir, à aller à la plage, à manger des brochettes dans les petits cafés des bords de mer, on pique-niquait, on riait, on sortait, mais désormais on se méfiait, on se retournait quand on croisait des Arabes, on regardait sous les tables des restaurants, sous les sièges dans les autocars ou les tramways, on changeait de trottoir quand on voyait un groupe d'Arabes en train de parler. L'objectif des révolutionnaires avait été atteint : la peur de l'Arabe s'était glissée en nous. Plus rien n'était désormais comme autrefois. L'insurrection armée avait comme dénaturé le pays, lui avait donné une tonalité funèbre, jamais encore ressentie. On avait cru au soleil unique et l'on en avait oublié l'ombre portée. Maintenant, on ne voyait plus qu'elle qui se faufilait partout. La guerre avait à peine commencé qu'elle avait déjà tué l'âme profonde du pays. À tort ou à raison, on s'était cru les « premiers hommes », comme disait Albert Camus, nés dans l'innocence d'une terre qui répandait ses dons à l'aveugle, dans une abondance biblique, sous un soleil sans partage. La mer, les joies de la plage étaient vécues comme des moments de rédemption et de salut, qui nous connectaient avec le divin, avec l'essentiel des choses à vivre. Mais l'élan avait été brisé.

Savait-on seulement si l'on reviendrait vivants de la plage ? Pour aller à la nôtre, au cap Caxine, il fallait d'abord longer les petits villages balnéaires, Les Deux-Moulins, Les Bains-Romains, Staouéli, qui, chaque été, organisaient des soirées, des fêtes, des corsos fleuris. C'était un phare au bas duquel se logeait une petite plage, presque inconnue des Algérois. Devant nous, dans la crique étroite, une eau d'émeraude, et des rochers sur la droite qui regorgeaient de moules et d'oursins. Le petit chemin pour y aller sentait l'urine de chat, des roseaux accablés de chaleur faisaient une herse impénétrable de chaque côté du chemin. Des figuiers de Barbarie et des touffes de thym sauvage répandaient des sillages de senteurs poivrées. Dans ce bateau clos comme un cercueil, je pense à mon chemin perdu. Je le dévalais, insouciant, jusqu'à la plage, ceint de mes bouées et de ma serviette. Mais quand la guerre s'installa, on marcha plus lentement, un peu aux aguets, plus soupçonneux. Le petit berger qui faisait pacager ses moutons dans le champ sauvage à côté était devenu un espion, un ennemi. C'est ainsi que tout commença. Dans le changement des perceptions. Dans une méfiance de tous les instants.

Au fil des années, la guerre s'installa. Avec des accalmies et des précipitations fulgurantes, des meurtres et des bombes, des massacres et des rapts. Les pieds-noirs finissaient par l'oublier, leur pouvoir d'acclimatation était tel qu'ils pensaient pouvoir tout supporter, dépasser les problèmes, et enfin gagner la partie. L'exil était inenvisageable. Ce n'était pas une question de défi ou d'obstination. C'est qu'il n'y avait pas d'autre lieu pour eux que celui-là, pas d'autre terre. La France, fantasmée et secrètement aimée, était devenue un mythe, une abstraction. La vraie réalité était sur cette terre d'Algérie, aux portes de l'Orient, dans la chaleur exubérante des interminables étés. La traversée d'une rive à l'autre avait cela d'inquiétant qu'elle ne rejoignait rien à leurs yeux. La France était tombée du piédestal où on l'avait mise. Elle n'était qu'ennui, froideur, hostilité, morgue.

Quand tout s'enlisa, que les accords d'Évian furent promulgués, que la date même des festivités de l'Indépendance fut connue, le monde qu'on s'était construit, illusoire et précaire, s'effondra. Il ne restait plus que le départ. En France pourtant, les illusions de certains ministres de de Gaulle, qui, pour apaiser la situation, avaient parlé de vacances des pieds-noirs, avaient très vite été déçues. C'est quand l'on vit arriver des bateaux entiers de familles, bien décidées à ne plus jamais revenir, que les choses commencèrent à se gâter. Mais malgré les mauvaises nouvelles que les pieds-noirs recevaient des premiers départs, ils n'avaient plus qu'une idée en tête : partir, partir.

Dans cette nuit sans retour, les esprits galopent, refont les comptes, recomposent l'histoire, échafaudent des plans. Mais cette solitude même est espérance. Ils pensent à ceux qu'ils ont laissés, en Algérie, et dont ils craignent qu'ils ne soient pris dans la souricière. De fait, on ne le saura que bien plus tard : des familles, des jeunes gens sont kidnappés, entraînés contre leur gré dans des casernes, livrés à la torture. Certains les martyrisent par pur plaisir, pensant ainsi se venger des interrogatoires que durent subir beaucoup des leurs de la part de l'armée française.

Des milliers disparaissent dont on n'aura plus jamais de trace. Volatilisés sans que le gouvernement algérien délivre aucune réponse, sans que le gouvernement français s'en inquiète. Une guerre sans bavure n'existe pas, avait coutume de dire le général de Gaulle. On est donc des bavures. Ce qu'il fallait éviter à tout prix, c'était d'être là durant les fêtes de l'Indépendance. Question de vie ou de mort. Éviter le lynchage d'une foule hystérique, galvanisée par les youyous des femmes, les cris des hommes, les tirs d'armes automatiques vers le ciel, tout le folklore horrible que les pieds-noirs avaient déjà subi, pendant toutes ces années de guerre, ces intimidations, ces gestes d'égorgement, ces crachats jetés dans le dos des Français.

Depuis le début des « événements », comme on disait pudiquement, comme si nous ne voulions pas entendre parler de guerre de crainte qu'elle ne détruise cet art de vivre qui s'était établi, la vie quotidienne était scandée de temps de rupture, de moments d'anxiété mais, était-ce là la spécificité de notre « génie », ces moments-là s'effaçaient très vite, se diluaient dans l'air ambiant. La lumière si éclatante d'Alger lavait tout, encourageait l'oubli, évacuait même l'idée que c'était une vraie lutte armée, avec des combattants et des victimes, des morts et des blessés. Il y avait une sorte d'insouciance qui nous guidait. Pour rien au monde, nous n'aurions envisagé l'idée de renoncer aux pique-niques sous les pins, à Zéralda ou à Sidi-Ferruch. C'étaient des temps forts et presque rituels qui inauguraient les beaux jours. On n'était jamais très éloignés de la religion, contribuant ainsi à son rôle de lien. On disait que l'on allait « casser la *mouna* », c'est-à-dire manger cette brioche si consistante et farineuse, cloutée de gros éclats de sucre blanc, et que l'on partageait à Pâques, avant d'aller se baigner. Le rite voulait que l'on étale sur la terre une grande nappe blanche sur laquelle on disposait la fameuse *mouna* qui trônait comme un ciboire. Il y avait aussi les œufs durs que nous avions peints de toutes les couleurs et cette douceur de vivre qui effaçait tout.

Un commando de fellaghas aurait pu nous faucher, faire un vrai carnage, mais chaque année, malgré la montée de la violence, nous tentions le diable, sûrs de notre bon droit, sûrs que jamais une chose pareille ne pourrait nous arriver. Il y avait pourtant des photos qui circulaient, des clichés terribles d'exactions, de meurtres collectifs, de corps décapités (la signature en quelque sorte des fellaghas), mais on disait que c'était loin, dans les douars, dans les Aurès, et qu'en ville ou dans les environs d'Alger ce n'était pas pensable. Et puis il y avait aussi un sentiment de fatalité, les pieds-noirs disaient comme les Arabes, *mektoub*. C'était Dieu qui décidait. Comment s'y opposer ?

Plus que les hommes, c'était donc la terre natale, le sentiment incarné de l'appartenance qui retenait les pieds-noirs, une certitude d'être « chez eux », tout entiers voués à leur terre. L'enchantement venait de la lumière, de la splendeur dorée des paysages, de la mer si proche, et de cette certitude que l'Algérie donnait toutes choses, qu'il n'y avait pas de pays plus fécond, plus généreux qu'elle.

Une connivence, une complicité s'étaient ainsi installées secrètement. Les pieds-noirs la vivaient à bas bruit, l'Algérie était à eux, ceux qui la convoitaient étaient des spoliateurs, des conquérants. L'idée même d'avoir aménagé le pays, de l'avoir équipé, enrichi, mis en valeur, de l'avoir entretenu, suffisait à leur faire croire qu'ils en étaient les détenteurs. Qui pouvait avoir l'incroyable impudence de le leur dérober ? La guerre s'était alors installée dans la vie quotidienne avec ses rebondissements, ses manifestations, ses combats, ses explosions de bombes, ses attentats. Mais pour les pieds-noirs, c'était toujours le mythe de la terre heureuse qui dominait. Un jour funeste faisait place à un jour plus glorieux : le soleil se faufilait dans les avenues, le souffle de la mer rafraîchissait les avenues, les nuits étaient toujours aussi remplies d'étoiles, les glycines et les lilas, les amandiers et les jasmins libéraient des sillages de parfums sucrés et suaves, la mer était tiède dès le mois d'avril, et toujours cette impression presque lascive d'un éternel éden. On vivait dans ce contraste, dans ces antagonismes, dans ces ruptures. Mais la vie continuait avec une témérité farouche et une obstination qui nous portaient.

Au plus fort des événements, à Alger, pendant les périodes les plus sombres comme la bataille d'Alger ou le blocus de Bab-el-Oued, cet instinct de vie subsistait. Les rebelles, qu'ils soient du FLN ou plus tard de l'OAS, continuaient à se battre contre des forces plus armées qu'eux avec une forme d'innocence et d'inconscience qui épatait… Aux soldats français du contingent, on disait qu'il y avait des énergies en nous indépassables, on appelait cela des « instincts de pionniers ». On disait encore que l'on ne pouvait offenser nos aïeux qui avaient « fait » le pays, en capitulant... Aussi quand les premiers départs annoncèrent l'exode massif, les pieds-noirs comprirent qu'ils avaient cette fois-ci bel et bien perdu, jeté les armes et baissé définitivement les bras. Il y eut soudain comme une lassitude immense qui s'empara d'eux, un abattement palpable sur les quais. Eux si impatients attendaient, se laissaient parler mal, se sentaient vaincus.

Dans la cabine surchauffée, je pense à tout cela. À ce qui nous attend dorénavant. Personne ne nous a appris en Algérie à nous comporter en perdants. Au contraire, l'Algérie forgea en nous un instinct viril, puissant. D'un pays vierge, nos pères avaient fait une terre féconde et prospère. Des marais, ils avaient fait des orangeraies, ils avaient recouvert les vallons de vignes et aménagé le littoral en villages balnéaires qui faisaient la joie de leurs enfants. C'était la vie la moins intellectuelle qui soit, livrée à la libre circulation des sentiments et des instincts, commandée par des joies élémentaires, des gestes très incarnés, des croyances simples. Et pour autant ce n'était pas une vie de nababs. Au contraire, les pieds-noirs travaillaient dur, et l'on était bien loin des clichés que certains en France véhiculaient abondamment pour nous déprécier. À 90 %, nous étions sans fortune personnelle, peu enclins d'ailleurs à vouloir nous enrichir, comme si les dons de ce pays nous suffisaient. L'esprit de carrière nous était assez étranger : il y avait quelque chose d'élémentaire dans notre jouissance de l'existence. Camus l'avait bien compris, lui qui ne trouvait pas de plus grande richesse que dans un bain de mer ou une promenade à Tipasa. Lui qui malgré la pauvreté familiale s'enivrait du ciel et des étoiles au balcon de la rue de Lyon, dans le quartier populaire de Belcourt, et s'en contentait.

De ce maudit bateau à la marche si régulière et qui nous rapproche du désastre, celui qui consiste à ensevelir notre mémoire, je sais qu'il faudra puiser au plus profond de nous des sources élémentaires pour survivre. Ma mère ne craint pas cet exil, dans son for intérieur, elle est persuadée de résister grâce aux forces accumulées en Algérie et qui, de père en fils, nous ont été transmises. L'épreuve est de taille, mais, dit-elle, nos ancêtres l'ont déjà subie et « regarde ce qu'ils ont fait de l'Algérie : un joyau. Alors on va faire la même chose. On sera de l'or pour la France, malgré elle ». De l'or... Je ne suis pas sûr que ses paroles soient des mots de consolation ou de circonstance. Mais je crois vraiment ce qu'elle promet. À cause de ce défi, toujours en nous, cette rage...

La rage, la « niaque », comme on disait, était chevillée à nos cœurs. Mes parents me racontaient souvent des histoires du passé, mais qui, au fil des années, étaient devenues des fables, avaient atteint des dimensions mythologiques : l'arrivée des Européens sur ce qui n'était encore qu'une terre en apparence ingrate. Mais l'ardeur des Italiens, des Espagnols, des Alsaciens avait fait le reste. Dans mon unique valise, il y a, tel un scapulaire, un carnet écrit d'une plume fine, dans une langue parfaite et soignée. C'est un petit cahier que m'a donné mon père et qui est lui aussi du voyage, une trace d'un oncle de Franche-Comté venu en Algérie en 1848, et qui rapporte au jour le jour sa petite épopée. L'encre brune n'est pas encore totalement effacée, quoique par endroits, l'écriture ne soit plus guère lisible. Mais on peut encore lire les faits et gestes de cette colonisation. La vie agricole dans le village de Vesoul-Bénian, créé de toutes pièces, cette vie de « Far West », en pleine Mitidja, avec la construction de l'église en bois, le magasin de vivres, l'école, la mairie, la place, les tentes montées pour des mois et chaque maison érigée en dur était célébrée comme un événement. Dans des colonnes sagement tracées, l'ancêtre a noté ses achats, les sacs de graines, le nombre de plants pour le potager, les pieds de vigne… Il y est dit de se prémunir contre la malaria et les animaux féroces, les razzias d'Arabes venus la nuit et qui pratiquent l'art funèbre d'égorger, et pillent, coupent à la base les ceps de vigne fraîchement plantés, dévastent tout sur leur passage. De même sur des routes escarpées, des sages-femmes françaises qui ont quitté la France pour aider les populations rurales déshéritées sont parties à dos d'âne pour accoucher les femmes arabes. Elles étaient veuves, leur mari mort à la guerre de 14, et elles pensaient ainsi faire œuvre de paix.

Tout se mêle et s'entrechoque dans mon esprit. Chacun dans sa cabine, dans les cales ou sur les ponts a, comme moi, la tête embrouillée. Vide finalement puisque plus rien ne s'accroche à ces souvenirs, qui fuient, s'enfouissent dans une histoire révolue.

Dans ces derniers jours de juin, la tension était devenue si vive que l'on hésitait à sortir, à s'approvisionner, à rendre des visites à nos proches. Pourtant la lumière de l'été était déjà là, tendant cette légère brume sur le port et l'horizon, nimbant d'une douceur presque dorée la ville entière. Mais chacun savait que le départ était imminent : il s'agissait seulement d'éviter les rafles et les kidnappings, les balles perdues, les pièges tendus par nos ennemis. On les connaissait : c'étaient les soldats du contingent qui refusaient de risquer leur vie pour nous et les Arabes qui n'avaient qu'un désir, nous abattre à la sauvette. L'arrogance des vainqueurs commençait à se faire sentir, surtout chez les jeunes, qui n'hésitaient pas à cracher sur notre passage, à nous injurier ou bien, offense suprême, à mettre au passage des femmes le « doigt du milieu », comme on disait dans notre jargon, entre leurs fesses… Ils appelaient ça : « se taper des olives »… On rongeait notre frein, on se taisait, dans les dernières semaines, on ne regardait plus que le port, qui nous délivrerait de ce cauchemar.

Il y avait nos voisins qui voulaient tout détruire avant leur départ, ils s'étaient rassemblés avec d'autres hommes pour allumer des incendies, poser des pains de plastic dans les lieux publics, faire en sorte, disaient-ils, que les Arabes aient tout le pays à refaire. Nous ne croyions pas que c'était la bonne solution. Mais on savait aussi qu'en laissant le pays en l'état, il irait à l'abandon parce que les Algériens ne s'en occuperaient pas, pris qu'ils seraient dans des délires bureaucratiques.

Car Alger et tout le pays ne pouvaient être gouvernés que par des institutions de type soviétique. Les communistes, très actifs en Algérie, poussaient les révolutionnaires à adopter la politique des soviets, ignorants que l'Algérie ne pourrait s'adapter à de telles mesures. Trop de grâce naturelle en elle, trop d'Orient apaisé pour s'adapter à la rigidité communiste. Ma mère disait que c'était la dernière vision d'Alger sur le paquebot qui serait celle que l'on devrait conserver, car plus rien ne serait désormais comme alors. Tout serait retourné, deviendrait absurde. Les puissances étrangères étaient déjà à l'œuvre, elles guettaient leur proie. L'Algérie leur serait donnée comme un fruit mûr tombé de l'arbre, sans résistance.

C'est maintenant le petit matin. Les aubes sont toujours belles, dans leur lumière lactée, opalescente, originelle. On va passer le golfe du Lion et ses eaux un peu mouvementées. Mais ce petit matin-là, la mer est à peine houleuse, le paquebot a un certain roulis, le mouvement finit par être tendre, empesant nos gestes, ouatant nos esprits. L'horizon, toujours la ligne presque noire de la mer. Des voyageurs se sont déjà levés, comme s'ils avaient voulu assister à l'apparition du soleil. De fait il surgit, rouge, de la mer. Il semble que c'est le début du monde. Pas de terre à l'horizon, que l'infini de la mer, comme au commencement et la boule de feu rouge qui s'élève lentement.

Peu de gens parlent, figés dans une douleur, pudiques et attentifs à ne rien montrer. Bravaches comme tous les pieds-noirs, ils savent que l'heure de la solitude et de l'exil va bientôt sonner, et qu'il faudra faire bonne figure quand ils descendront du bateau, une valise à la main. « Eux, les

Africains venus de loin », comme disait la chanson militaire ? Eux, cette humanité démunie, livrée désormais à la compassion, à la haine et à la charité ? Il faut bien le croire, mais bravaches, ils y vont. L'air vif du petit matin fouette les visages, en ravive les traits. Les yeux sont fatigués, embués de larmes et d'un mauvais sommeil, déjà las de ce qu'il y aura à voir, à subir toute cette journée qui commence, fatale, solitaire. Maintenant on est plus près des rivages français que de ceux de notre Algérie. Maintenant commence un autre regard. La mer, toujours elle, seulement elle, pour l'instant. Bientôt, apparaîtront les terres, vagues et informelles, noyées dans l'air laiteux du jour commençant.

Observer le regard des voyageurs, leur tension aiguë, saisir à cela seulement le drame intérieur qu'ils vivent. En capter leurs pensées intimes, leurs angoisses surtout. Près de moi, un peu en retrait du bastingage comme si elle craignait dans un geste incompréhensible de se jeter par-dessus bord, d'en finir avec cette histoire, une femme cache son regard derrière de larges lunettes de soleil. Elle est moyennement jeune et porte un foulard qui lui couvre la tête et noué autour du cou, à la façon de Brigitte Bardot. Sa robe est en coton fleuri, aux couleurs très vives. On dirait une jolie gravure de mode, et pourtant quelque chose d'étrangement tragique s'échappe d'elle. J'ose lui parler. « Vous allez où, après Marseille ? » Son visage ne bouge pas, elle me répond cependant, tout en fixant l'horizon : « Je l'ignore. J'irai plus loin encore, peut-être pas en France. Je voudrais trouver un lieu suffisamment éloigné pour tout oublier. S'installer en France, c'est prendre le risque d'être toujours en colère, de n'être jamais chez soi. Et puis j'ai peur du climat. » Je lui dis que moi, je n'ai pas le choix. Je suis encore trop jeune pour décider. Je suis obligé de suivre mes parents et comme mon père est fonctionnaire, j'irai là où il sera nommé. Peut-être très haut dans la France, peut-être dans le Sud-Ouest ou dans la région parisienne. On ne sait pas. Je lui dis encore que mes ancêtres étaient francs-comtois, et que finalement, ça m'irait bien de retourner dans cette région. Boucler ainsi l'histoire. Revenir chez eux aussi pauvre qu'ils en sont partis… Elle me sourit doucement. Pose sa main sur la mienne, se retient à la rambarde de protection de l'autre. Puis elle se retourne et me dit : « Bonne chance. » Je ne l'ai plus jamais revue. Elle est redescendue sur le pont inférieur, rejoindre certainement sa cabine et se perdre dans la foule anonyme qui commence pourtant à envahir les coursives, les ponts supérieurs, ne voulant pas rater l'apparition des côtes françaises.

Partout règne une étrange impression de défaite et de défi. Je me dis qu'il faut rassembler toutes ses forces pour recommencer, reprendre racine. Un prêtre bénit des enfants discrètement dans un coin du pont supérieur. Ici une femme rassure un chien qui paraît affolé, comme s'il n'arrivait pas à retrouver son équilibre avec la petite houle. Il se réfugie dans les jambes de sa maîtresse, tremblant, apeuré. Des groupes d'hommes fument adossés aux coursives, font et refont intérieurement le bilan de leur voyage, retracent dans leur esprit les étapes de ce qui les attend : trouver un hôtel après les formalités d'usage, demander les adresses utiles aux associations qui sûrement doivent nous attendre, commencer dès l'arrivée les démarches administratives, apprendre la patience dans les longues files d'attente prévisibles, s'armer d'espérance. S'adapter aussi au climat qui, bien que clément dans le Sud, est quand même fantasque. Rien à voir avec cette douceur uniment répartie en Algérie, cette harmonie générale.

Je me demande quand même si nous ne mythifions pas tous cette Algérie tant aimée, si le climat y était si doux, si les eaux de sa mer étaient aussi chaudes qu'on le dit, si les fleurs y sentaient si fort. Déjà nous pensons à elle à l'imparfait, comme si, défunte, elle ne pouvait plus revivre que par la fiction, que par l'imaginaire. La pensée cependant, tenace, s'égare de l'autre côté de la mer. À pareille date, nous nous levions aussi tôt pour aller à la plage. Préparer les paniers, le repas, les sacs, les maillots et les serviettes. À la fin de juin, c'est l'été depuis des mois déjà. La chaleur se fait plus pesante, même aux petits matins. Il faut prendre la route de la corniche dans ces matins encore frais, pour éviter les embouteillages, et rejoindre la petite crique du cap Caxine, où nous avons nos habitudes. On y joue pour la journée les Robinsons, en faisant abstraction de la guerre, de tout ce qui se passe. Il y a une sorte de communion absolue entre nous et la nature, sans hiatus, sans accroc.

L'émotion était de même nature quand nous allions en excursion à Tipasa. L'entrée dans la ville romaine, bordée de tamaris séculaires, butait sur un petit golfe où venait se coucher la montagne du Chenoua. Entre les ruines, les fûts de marbre, les tapis de mosaïques à l'air libre, entre les colonnes brisées et les murets où venaient s'abriter les lézards, et parvenaient quand même à s'élancer des hampes d'acanthes ou des coquelicots égarés à la peau si fragile et toujours flétrie, l'arrivée sur la mer était splendide, presque irréelle. Jamais site n'était parvenu à réaliser une telle unité et refléter une telle beauté. On se sentait plein de lumière et de sève, malgré la proximité des ruines.

La singularité des pieds-noirs réside dans cette appartenance à la beauté et cette simplicité avec laquelle ils y accédaient, sans théoriser, sans bavardages. La beauté était devant eux, immense et fatale et ils l'accueillaient comme quelque chose d'infiniment évident et naturel. Sans même se rendre compte de cette chance inouïe qui les gratifiait de tant de splendeurs. Ce qu'il y avait d'étrange et de remarquable à la fois sur ce bateau, c'était la qualité de l'émotion qui nous étreignait tous. Aucun ne se lamentait pour la perte de ses biens ou ne s'inquiétait pour son avenir, mais tous pleuraient d'abord la déchirure, l'inconsolable exil qui les laissait pantelants et effondrés. Car ce qu'ils savaient intuitivement, c'est que jamais plus ils ne retrouveraient cette sensation d'avoir vécu une forme absolue du bonheur, d'avoir été constamment en contact avec les choses essentielles, et gratifiés de forces intérieures aux puissances telluriques, presque magiques. Aller sur une des plages de la côte pouvait relever de quelque chose d'inouï, qu'aucune autre plage au monde ne pourrait offrir. Albert Camus parlait à juste titre des premiers temps de l'humanité. Certaines heures d'été étaient à coup sûr originelles, jamais vécues en aucun autre lieu…

On n'était pas dupes pour autant de l'enjeu de cette terre. Les trésors qu'elle recélait étaient officiellement à la France, mais au fond de nous, ils étaient notre entière possession, notre trésor absolu. Mais on ne parlait pas toujours de la même chose. L'Algérie pour la France était d'abord un balcon sur l'Afrique, une base stratégique ; son désert, une terre d'expérimentation pour la bombe atomique, une manne pour ses gisements de pétrole ; ses terres agricoles, un immense grenier. On savait tout cela. Mais ce que la France nous laissait comme des miettes, impuissante à en saisir le sens profond, c'était ce qu'il y avait de plus intense, de plus beau : la jouissance de la lumière, l'exaltation des sens, l'immersion dans la beauté primitive du monde. De ces richesses-là, elle ignorait tout, préoccupée d'abord de ses propres intérêts…

Quand j'étais encore petit, en 1958, au moment de la fameuse bataille d'Alger que le général Massu gagna par la force, je m'imaginais bien que les « rebelles », comme on les appelait, étaient conscients de ces dons-là, de ce trésor. Ils se battaient si farouchement, avec tant de constance malgré les revers qu'ils subirent longtemps, qu'il ne pouvait en être autrement. Beaucoup d'entre eux, sûrement, savaient. Ils savaient qu'au-delà des enjeux stratégiques et de l'assurance d'une patrie indépendante, bien à eux, il y avait d'autres trésors qu'ils voulaient préserver, donner aux leurs, léguer à leurs enfants futurs. Les chefs du FLN en faisaient une affaire politique, ils voulaient le pouvoir si bien qu'ils l'eurent sans jamais le partager. Mais à bien y regarder, voyaient-ils l'infinie beauté de leur terre, les secrets vitaux, les flux ardents qui la parcourent ? N'étaient-ce pas plutôt les jeunes hommes qui rejoignaient les maquis, les rustres moudjahidin, qui avaient cette intuition d'un « autre » trésor à conquérir ?

Encore enfant, donc, j'avais suivi l'histoire de la bataille d'Alger. La traque terrible dans la Casbah de celui qui menait la rébellion, un certain Ali la Pointe, à vrai dire un garçon des bas quartiers que la police française avait déjà fiché pour proxénétisme et affaires délictuelles mineures. Mais il avait été pris par la mystique révolutionnaire. Très vite, il était devenu un petit chef, au charisme redoutable, grand séducteur de femmes dont il avait mis, dit-on, plusieurs sur le trottoir, dans la Basse Casbah, et qu'il séduisait par sa force, sa violence, sa beauté et son prestige de petit caïd. Les paras de Massu continuaient à le traquer dans les ruelles de cette Casbah imprenable, véritable labyrinthe où l'on pouvait se cacher sans crainte d'être repéré, les caches communiquant entre les maisons, par des caves, des terrasses, des couloirs secrets, édifiés déjà au temps des Turcs. Et c'était là, c'est sûr, qu'il s'était caché avec Hassiba Ben Bouali, une très jeune fille qu'il avait séduite, et qui était prête à jouer les kamikazes pour lui et pour la révolution. Mais quelque chose d'autre dépassait Hassiba : c'était comme si l'Algérie l'avait envoûtée, lui avait transmis ses secrets, elle se battait pour un amour plus grand que celui qu'elle éprouvait pour Ali la Pointe, et là, dans ce bateau qui m'éloigne à jamais de ce pays, son souvenir me revient.

Il m'avait déjà profondément ébranlé quand j'avais appris sa mort. Dans sa cache, rue des Abderramanes, elle avait reçu en plein corps une bombe jetée à l'aveugle par un para, avec elle Ali la Pointe et un petit garçon, qui jouait le rôle de Gavroche, et qui s'était refugié dans un four à pain, pour éviter d'être capturé par les soldats. Dans la presse, le lendemain, leur mort faisait les gros titres locaux. On se réjouissait partout de la mort de ces dangereux terroristes qui avaient eux aussi ensanglanté Alger, à la terrasse des brasseries, tuant des dizaines de victimes innocentes. Mais comme un doute ou une secrète mélancolie m'avait alors saisi à l'annonce de cette « victoire » sur le terrorisme. Je voulais croire que Hassiba s'était engagée pour tous les trésors de son pays, pour l'infinie richesse qu'il détient, pour ses vraies grâces. Pour cette générosité dont il pare ceux qui l'habitent et l'aiment. Pour cette innocence qu'il leur rend.

Du haut de sa villa construite sur les collines d'Alger, et qu'il avait baptisée « la maison devant le monde », Albert Camus aussi ne demandait rien d'autre à son pays que la jouissance éperdue de la mer à l'infini devant lui. C'était une villa construite dans les années trente, déjà moderne par ses baies ouvertes sur le paysage grandiose qui s'offrait à elle. Camus s'était choisi le premier étage, avec sa grande baie qui donnait sur la mer. De cette hauteur, il accueillait tous les parfums qui, le soir, s'échappaient en gros bouillons, des arbres et des fleurs. Il passait de longues heures, sur la terrasse, goûtant l'air comme il le faisait quand il était petit garçon, rue de Lyon. L'air et le ciel : une idée du Royaume. C'était bien cela qu'avait aussi compris l'incroyant Camus. Mais au fond de lui, le profondément croyant, ne résistant jamais à célébrer la beauté indéchiffrable de ce paysage et de cette nature, et surtout l'impression d'extraordinaire liberté qu'il ressentait là.

À bord du *Ville d'Alger,* ceux qui ne voulaient pas partir savaient aussi ce qu'ils quittaient : l'idée du Royaume. Plus fort serait ainsi l'exil, plus cruelle l'absence ! Légère la valise mais lourde la mémoire ! Pouvions-nous savoir à quel point l'Algérie nous habiterait toujours ?

Sur le pont, en cette matinée de l'été débutant, les voyageurs apparaissent alourdis d'un poids dont ils commencent à peine à mesurer l'accablement. Le personnel, impavide, continue son travail mais cette traversée est particulière, il ne peut faire son service comme d'habitude. Trop de gens encombrent les ponts, les salles de restaurant et les salons. Trop de sacs et de paquets hâtivement ficelés où il se prend les pieds, trop de questions posées, trop de demandes. Entre eux, ceux que l'on appelle maintenant à tort des « rapatriés », car leur patrie est justement celle qu'ils viennent de laisser, font et refont la guerre. Jamais ils ne remettent en question leur présence dans ce pays : pourquoi le feraient-ils puisqu'ils pensent au plus profond d'eux-mêmes qu'il s'agit de « leur » pays ? Et de fait, ils n'en ont pas d'autres. La France où ils vont est plutôt une image, une référence livresque ou symbolique, mais ils n'y ont pas d'attache réelle, que des clichés superposés dans leur mémoire avec lesquels ils vont devoir se débrouiller. Le sentiment d'être « de » leur pays, l'Algérie, est si fort qu'ils parlent des vainqueurs comme des usurpateurs, des barbares qui leur ont volé leur terre. Et imaginer qu'ils doivent à présent confier leur sort aux Français de métropole les saisit d'effroi et d'angoisse. Ils connaissent les mentalités musulmanes avec lesquelles peu ou prou ils négociaient, mais, pour eux, les Français sont irrémédiablement des traîtres... En fait c'est toujours la même chose : ce n'est ni à la France ni à l'Algérie qu'ils font des reproches, mais à leurs habitants... Ce sont eux qui les bannissent, eux qui les dépossèdent. Ils le disent en toute innocence, en toute naïveté. Aucun cynisme chez eux. Convaincus que ce sont eux qui ont « fait » le pays, tel qu'il est laissé aux vainqueurs, ils voient leur départ comme une injustice fondamentale. Sans analyser leur histoire et sans recul sur elle, ils laissent parler leur émotion.

Rare est un peuple qui se soit autant incarné dans une terre d'adoption. Chaque groupe, chaque voyageur recèle ainsi sa petite légende intérieure, sa petite épopée singulière. Toute cette foule rassemblée sur le pont supérieur pour voir les premières côtes se profiler à l'horizon, artisans, fonctionnaires, ouvriers, retraités, a en commun quelque chose d'inaliénable : l'Algérie heureuse. Étrangement, ni la guerre ni les drames qu'elle a engendrés ne s'imposent à leur mémoire. Seule cette terre de lumière et de richesses, unique, les travaille et les bouleverse. C'est à elle qu'ils pensent au milieu des valises et des paquets. Et à l'impossible adaptation en France.

Au plus fort des émeutes et de l'insurrection, aucun d'entre nous n'avait pensé à partir, sauf bien sûr les grosses fortunes, une poignée de propriétaires terriens, qui avaient déjà prévu la suite de l'histoire et s'étaient prémunis contre tout mauvais coup du sort. Ils avaient depuis longtemps déjà rejoint la France, les Canaries ou un quelconque pays d'Amérique latine pour mettre à l'abri leur argent gagné, pour le coup, à la sueur des burnous. Mais il n'en était rien pour le petit peuple pied-noir. Pris au dépourvu, peu habitué à voyager, car pourquoi voyager quand on a conquis Ithaque, il n'avait pas même de valises. Il les acheta sur les trottoirs à ceux-là mêmes qui avaient gagné la guerre…

C'est à partir du début de l'année 1962 que l'on commença à voir sur les trottoirs, non seulement au marché mais sur n'importe quelle place d'Alger, des marchands ambulants qui vendaient à la sauvette des valises en carton, de couleurs vives. Pas une seconde, ils n'avaient envisagé cet exode. Tout s'était donc fait dans la hâte, rassembler quelques vêtements, quelques papiers, les bijoux et de l'argent liquide, et puis laisser tout le reste derrière soi. Sur le bateau, des femmes évoquent ce moment terrible où, faute de pouvoir tout prendre, on ne prend plus rien et l'existence se résume alors à quelques petits objets en apparence inutiles mais fondateurs : un bibelot, un livre, un album de photos... Certaines en feuillettent les pages, montrent à leurs voisines d'infortune telle ou telle photo. Ici, des baignades d'enfants au bord du rivage tandis que des mères font la vaisselle du pique-nique en frottant les assiettes et les couverts dans le sable mouillé pour mieux les nettoyer puis en les rinçant dans l'eau courante. Là, les premières communions des enfants, parés comme des mariés, un cierge à la main.

Je surprends des rires malgré la tristesse ambiante et palpable. Plus encore qu'elle, c'est le désarroi qui domine, une forme d'impuissance qui ne voit pas de solution sinon celle de subir. Quelque chose du tragique grec que Camus, encore une fois, avait bien deviné chez ses compatriotes se révèle avec force. Soudain des rires fusent, tant le désarroi devient pitoyable et pathétique. Comme d'habitude les pieds-noirs, qui ont la plaisanterie et la moquerie faciles, lâchent quelques bons mots qui font éclater de rire tous les voyageurs, devenus tout à coup complices et frères du même malheur. « Arrête de pleurer, déclare ostensiblement celui-ci, tu veux nous faire le coup des grandes eaux ou quoi ? Ça t'avance à quoi ? T'y as vu çuila ? Il pleure toutes les larmes de son corps, bientôt ses yeux, i seront secs comme un oued au mois d'août ! Allez, redresse-toi, avec ta tête de "tchoutche", tu fais pitié. C'est pas parce que tu pleures, que ça va s'arranger... »

Alors, le numéro commence, le même que celui qui se faisait au café à la sortie de la messe, quand les hommes voyaient passer sur le trottoir les fidèles et qu'ils se moquaient d'eux, avec leurs silhouettes de « tortos » ou de « bizoutches ». « Tu te souviens, quand on allait à la mer. Il ne fallait pas laisser ses vêtements sur le sable pour aller se baigner. Tu les retrouvais noués et tout trempés… Et après, çuila qui avait les vêtements comme ça, i fallait qu'il fasse “mendja galette”. Avec les dents, dis, avec les dents, il fallait qu'il dénoue ses vêtements ! »

Le bateau avance sur la mer irisée des premières lueurs du soleil. C'est comme s'il glissait, presque irréel, sur un miroir… Les sanglots et les rires, l'ombre et la lumière, le désespoir et la joie de vivre, indomptable. C'est cela, notre histoire.

Ce n'est plus qu'une question d'heures. Elles vont défiler vite maintenant, par un étrange effet de précipitation du temps. Tout s'accélère, même si les côtes ne sont pas encore visibles. Mais l'esprit est vif, le regard aigu, à l'affût. Le personnel du bateau s'active, comme s'il avait hâte de déposer ses passagers et d'en finir avec toutes ces rotations. Qu'elle est loin l'époque des traversées estivales où les pieds-noirs revenaient en France, pour la visiter, retrouver leurs familles, prendre, comme ils disaient, un bon bol d'air français, dans les Pyrénées ou les Alpes ! Ma mère, dans sa cabine, rassemble nos affaires, reconsidère le contenu. La tâche est aisée : quatre valises, remplies de vêtements de première nécessité et surtout de quelques objets et de souvenirs qui vont permettre de continuer la vie. « Parce qu'il faut bien qu'elle se poursuive, dit-elle. On doit survivre à ce malheur », dit-elle en insistant bien sur le mot « doit »…

Dans une de mes deux valises, la plus lourde, il y a des livres, ceux dont je ne me séparerais pour rien au monde et même des livres de prix avec la belle étiquette aux armes de la Ville d'Alger signée du maire, Jacques Chevalier : premier prix de composition française, premier prix de récitation, premier prix de musique, etc. Parmi eux, un ouvrage sur la colonisation de l'Algérie, un livre comme un hymne à la gloire de la France, avec ses succès sur le terrain mais surtout ses grands travaux dans le pays, routes, barrages, cités, usines, installations portuaires, etc.

Je me souviens de ce livre pour l'avoir lu et relu plusieurs fois. Il me donnait toujours la certitude, à sa lecture, que mon peuple avait inauguré une terre qui, jusqu'alors, et depuis la colonisation romaine, avait été abandonnée à elle-même, au point d'être devenue un vaste territoire anonyme, livré aux troupeaux nomades, tandis que les cités et les voies antiques perdaient chaque jour davantage leur identité, abîmées et ensablées par les intempéries et la sécheresse. De l'abondance romaine, il ne restait en effet presque plus rien sinon ces quelques ruines livrées au pillage mais dont la majesté et la grâce surtout donnaient mesure de leur splendeur passée. De sorte que même pendant l'occupation turque, le pays avait été délaissé et réduit à d'infinis paysages désertiques où peu de tribus osaient s'aventurer. Seuls les littoraux avaient été occupés par les Turcs, qui eux-mêmes tentaient de faire respecter leurs positions face aux exactions des Barbaresques qui semaient la terreur sur tout le pourtour méditerranéen. Car combien de chrétiens avaient été kidnappés le long des côtes et mis en esclavage, massacrés et égorgés comme des moutons quand ils n'étaient plus utiles ? Des centaines de milliers, disent les historiens...

Aussi les pieds-noirs ne se définissaient-ils pas comme d'odieux conquérants qui venaient voler les terres d'autrui puisque la plus grande partie de ces terres n'appartenait à personne et que les habitants qui y habitaient ne s'étaient jamais constitués en un peuple cohérent. L'Algérie était en 1830, c'est un fait, ni un pays ni une nation... La France au contraire venait non seulement sécuriser le bassin méditerranéen et faire cesser les exactions esclavagistes mais encore instaurer la prospérité. Les Turcs virent presque une légitimité dans l'œuvre française et ne s'opposèrent que mollement à leur destitution pour peu que leurs biens fussent préservés. C'est ainsi que les pieds-noirs s'installèrent dans cette conviction civilisatrice et surtout dans cette légitimité. Venus de pays qui ne leur donnaient plus de quoi manger ni de quoi vivre, ils recommencèrent, comme ils disaient, « tout à zéro ». Ils devinrent alors les pionniers ou les « premiers hommes ». Et même en 1962, ils se reconnaissaient encore les héritiers directs et légitimes de cette première vague d'immigration. L'Algérie était leur terre puisqu'ils étaient nés à leur nouvelle vie dans un monde qui, lui-même, venait à peine de s'éveiller ou de se réveiller.

C'est dans cette fierté que les enfants de pieds-noirs avaient été élevés et elle expliquait leur déchirement et la douleur de leur exode. J'avais l'impression d'un immense malentendu avec la France, nous savions ce qui se disait

« là-bas », ce que l'on pensait de nous, comment on allait nous accueillir, mal et sans compassion. Je me dis qu'il va falloir s'expliquer, mais tous autour de moi, sur le bateau, déclarent que c'est impossible : ne pas pleurer sur soi, affirment-ils, prouver que l'on va recommencer et s'en sortir, c'est leur mot d'ordre… Ce qui est vrai, c'est que nos ancêtres étaient arrivés dans un endroit de nulle part mais dont seule la lumière particulière donnait des raisons d'espérer et que nous allions maintenant vers un autre nulle part, car la France, imaginée il y a peu encore comme une mère, ne nous aimait guère.

C'était à bien réfléchir une étrange vie que nous avions menée : dans la splendeur d'une terre que nous voulions à tout prix posséder, et dont l'appartenance ne se discutait même pas, et dans une impression permanente d'inhospitalité et de méfiance. Les légendes perpétuées par la tradition orale gardaient très présentes à nos esprits des images de violence et de meurtres, de razzias et d'incendies. Toutes ces révoltes sporadiques qui avaient scandé notre vie jusqu'à la dernière, la plus continue et la plus violente, avaient fait des Arabes, des ennemis en puissance. Il y avait bien des exceptions, des fraternités, des affections qui, à bas bruit, s'étaient tissées, mais jamais les mères françaises, pendant la guerre, n'auraient laissé sans arrière-pensée leurs enfants à une nounou musulmane, comme si elles craignaient une soudaine pulsion en elles ou encore une vengeance qui signerait la preuve, pour toutes les injustices dont les Arabes se sentaient victimes, comme si les Français ne pouvaient compter sur l'entière loyauté des indigènes. S'était alors insidieusement faufilée une sorte de méfiance permanente. L'Arabe pouvait à tout moment surgir ou affirmer une pulsion criminelle, fruit de tout un passé brimé... Et malgré tout, on continuait à vivre comme si de rien n'était. Le pays appelait à une forme de douceur, comme si nous étions en villégiature constante. La mer sûrement, si présente, contribuait à cette impression. Sa vue chassait les mauvaises idées, les éloignait et l'on reprenait le cours des choses là où l'accroc s'était de nouveau formé... Il y avait, je m'en souviens, beaucoup de Français qui étaient hostiles par principe aux Arabes, prétendant qu'il fallait toujours se méfier d'eux. Les femmes encore plus que les hommes étaient redoutées. Dissimulées derrière leurs longs haïks blancs, elles pouvaient transporter des bombes, des armes à feu, et il se pouvait même que des terroristes s'y fussent cachés.

Les années de guerre semblaient être l'ultime épisode de cette occupation française. La méfiance logée au cœur de nous tous ne pouvait aider à construire, à nous maintenir heureux sur cette terre. On sentait toujours la menace d'être jetés à la mer, chassés comme des malpropres. Et puis il y avait, malgré tout, ceux qui espéraient que les choses s'arrangent et qu'à force de gentillesse, d'attentions et surtout de respect les Arabes finiraient enfin par comprendre que l'on pouvait vivre ensemble. Mais ni la France ni les rebelles n'avaient eu intérêt à jouer ou à entretenir ce jeu-là. De Gaulle voulait à tout prix se débarrasser de l'empire colonial, ce qui était à ses yeux, une preuve de sa modernité et le signe de sa politique visionnaire, et le FLN savait que pour gagner, il fallait creuser les fossés entre les deux communautés. Albert Camus en fit les frais. Mal assis, ou entre deux chaises, il sut trop tard et à ses dépens qu'il n'y avait pas de place pour les compromis ou les utopies.

Un jour cependant, je la vis, cette utopie, se réaliser lors d'une bar-mitsva. Dans mon immeuble, à Bab-el-Oued, c'était un incroyable mélange des trois « races », comme disaient les pieds-noirs : les juifs, les Arabes et les Français… Et lors de la communion d'un enfant juif, il y eut une fête très joyeuse où tout l'immeuble fut invité. C'était un moment d'unité parfaite, tous chantaient et dansaient, les youyous des femmes arabes se mêlaient à ceux des mères juives, les chrétiens applaudissaient et personne ne pouvait imaginer que ce peuple fût en guerre. C'était pourtant l'époque du couvre-feu, de la territoriale, des barbouzes, des attentats isolés, des bombes au plastic. Mais ce jour-là, c'était une trêve immense qui répondait à l'immensité tranquille et infinie de la mer. Une paix douce qui se répandait dans toutes les pièces, dans le sillage des parfums de fleurs qui s'échappaient des balcons. Le peuple était capable de ça, de cette grâce d'un moment qu'aucun intérêt politique ne pouvait entamer ni altérer. L'histoire de toute façon se jouait ailleurs, dans les états-majors des deux camps, où l'on orchestrait les tortures et les attentats, les plans et les rumeurs. C'était, cette nuit-là, un instant d'innocence.

Les pâtisseries des trois communautés passaient entre les groupes, des gâteaux dégoulinant de miel et de sirops, des pâtes d'amande aux couleurs vives, des beignets roulés dans du sucre. Qui pouvait alors, pensions-nous imprudemment, briser cette entente ?

Sur le pont du paquebot, certains crient encore vengeance, mais ils semblent en vouloir plus aux Français qu'aux Arabes. D'autres se réjouissent d'avoir répondu aux injonctions de l'OAS, qui avait recommandé de pratiquer en partant la politique de la terre brûlée. Il s'agissait de tout casser avant de quitter le pays, de détruire sa maison, ses meubles, tout ce que l'on ne pouvait plus emporter afin que plus personne ne puisse en profiter. Certains affirment sans conviction l'avoir fait mais, en règle générale, une pudeur intime les avait empêchés de commettre ce qu'ils considéraient intuitivement comme un sacrilège. Alors, ils étaient partis, comme nous, en ne fermant pas la porte à clé mais en la poussant seulement pour qu'un prochain occupant puisse y entrer sans effraction.

Dans le petit matin du départ, je me souviens encore du bruit particulier que fit la porte quand on la poussa une dernière fois. Il ne s'agissait plus de faire un tour de clé qui n'aurait servi à rien. Seulement de pousser la porte, entendre une dernière fois le bruit sec de la serrure claquer pour donner l'illusion que tout était préservé derrière elle. Mais, en réalité, il ne suffisait que de tourner la poignée et toute la maison serait à qui la prendrait. Partir en détruisant tout derrière soi aurait été vécu comme une infamie, une douleur supplémentaire que nous ne pouvions admettre. Mais, depuis des semaines, on avait eu vent de ces grandes propriétés de la Mitidja qui brûlaient, de tous leurs matériels agricoles qui étaient démontés ou détruits, des champs qui avaient été arasés, des arbres coupés à la base, de tout ce pays qui retombait en ruines. Partir en laissant le pays comme on l'avait trouvé. Mais rien au fond ne rendait l'esprit satisfait. Rien ne pouvait le soulager. La douleur était inscrite en nous comme une plaie vive, inguérissable.

Dans ces heures pénibles du retour, tout s'enchevêtre et se mêle. Chaos d'images et déjà de souvenirs qui ne parviennent pas encore à s'ordonner. C'est un étrange sentiment d'exil et d'arrachement dont personne ici ne parvient à comprendre le sens. Car, pour la plupart des pieds-noirs, l'Algérie finalement ne s'est jamais limitée qu'à un tout petit territoire, celui de sa vie heureuse entre le travail et les loisirs de la plage. L'Algérie tout entière est si immense que peu de pieds-noirs l'ont visitée. Si grande et si mystérieuse, donc si inquiétante, que nous la désignions de vagues termes qui étaient des fourre-tout : au-delà des grandes villes et des corniches qui longeaient la mer et le long desquelles s'étaient construites de petites stations balnéaires, c'était, disait-on, « l'intérieur ». Cette expression signalait un autre monde, plus ténébreux, qui forcément était plus dangereux pour nous. C'était là qu'avait commencé la rébellion et là encore que se passaient les plus violents combats avant que le FLN n'ait instauré la guérilla urbaine, nouvelle forme de guerre qui terroriserait les populations civiles. Mais « l'intérieur » était déjà abandonné aux rebelles, lieu des Arabes et de tous les refoulements et de toutes les frustrations, lieu des complots et des caches secrètes. C'est pourquoi personne n'y allait, aucun tourisme n'était favorisé.

Dans les trente premières années du siècle, des intellectuels et des artistes français de la métropole avaient lancé la mode des oasis et du désert. Les grands hôtels qui trônaient au milieu de nulle part aussi beaux qu'à Deauville ou à Cabourg accueillaient les visiteurs en quête d'exotisme, comme Gide ou Montherlant. C'était la grande époque entre les deux guerres mondiales et juste avant le début des événements. Les pieds-noirs n'y allaient jamais, ils soupçonnaient des confins immenses et splendides en regardant du haut du balcon Saint-Raphaël, auquel on accédait par paliers, les premières lignes du Djurdjura. Ses montagnes qui au crépuscule rosissaient et devenaient violettes et qui se profilaient à l'horizon.

« L'intérieur » renvoyait pour nous aux premiers temps de la colonisation, aux époques risquées où nos ancêtres osaient s'enfoncer ou reculaient devant les bêtes féroces et les miasmes… On disait aussi « les hauts plateaux », pour désigner l'Ouarsenis, les pics montagneux de Lalla-Khadidja, les balcons du Zaccar. Tout autant de plates-formes qui donnaient sur une autre vastitude, un pays enchanté sinon enchanteur, le royaume vaguement imaginé d'Antinéa, la reine des déserts, où, il y a des millénaires, le paysage était tout autre, composé d'herbages et de rivières abondantes…

Les contreforts des montagnes au-delà desquels s'étendait le grand Sud étaient tout aussi peu fréquentés. Quelques amateurs de sensations fortes osaient s'y aventurer et en revenaient éblouis de tant de beautés. Mais ces lieux étaient toujours considérés comme des repères de bandits et de fellaghas, des antres et des cavernes où ils se cachaient et où ils préparaient leurs plans pour semer la terreur en ville. « L'intérieur » était ainsi devenu le lieu de tous les fantasmes et de toutes les peurs. Des légendes couraient où il n'était plus question, comme dans *Les Mille et Une Nuits*, de génies et de bêtes sauvages, mais de terroristes armés et de coupeurs de têtes, comme il y en avait eu pendant les premières années de la colonisation…

À « l'intérieur » menaçant et violent s'opposait le littoral où la plupart des pieds-noirs habitaient et qui était composé d'un feston de petits villages et de villes au modèle français, et qui bénéficiait d'un climat très clément et d'un art de vivre décontracté et joyeux. C'était là qu'était notre paradis, notre petit monde qui n'avait pas besoin de voyages lointains. « Ici et maintenant », telle aurait pu être l'antique devise des pieds-noirs qui vivaient dans le présent, bien ancrés dans leur espace. Nous n'avions guère besoin de nous « dépayser » puisque nous faisions corps justement avec notre pays…

Le paquebot qui nous emporte désormais loin de notre terre originelle a cela d'éprouvant qu'il n'est pas ancré justement, que le paysage est mobile et fluide et que le temps ne donne aucun signe de stabilité. Il va, il suit son cap, et emporte tout sur son passage. En se penchant un peu, on peut suivre la trace du sillage profond et moutonneux de sa coque, où s'engouffrent les remous comme les souvenirs. Le bateau ouvre ainsi et sans cesse la plaie de l'exil. Nous n'aimons la mer que dans sa plénitude. Sa surface de laque nous rassure et nous avons horreur des tempêtes et des vagues. La mer est liée pour nous uniquement au calme. Impossible de l'imaginer autrement. Elle doit être d'huile comme lorsque l'on se baigne dans les eaux chaudes du port. Quand on en sortait, nos épaules étaient étincelantes et lisses de lumière, elles brillaient et faisaient de nous de jeunes dieux sauvages.

Dès les beaux jours, après le mois calamiteux de mars que tous détestaient à Alger parce qu'il était annonciateur de giboulées, de pluies rapides et cinglantes, de vent d'est qui nous fouettait, c'était l'été qui triomphait peu à peu. Tous les pieds-noirs, outre le fait qu'ils le célébraient chaque année invariablement à Pâques, par une grande virée sur le littoral, gardaient logée en eux cette saveur singulière de sel et de lumière qui planait dans les quartiers. Ceux qui n'étaient pas fonctionnaires et ne bénéficiaient pas de congés réguliers, aussitôt après leur travail, prenaient la fraîche sur les trottoirs, à la terrasse des brasseries et des cafés qui ne désemplissaient jamais, allaient jouer à la pétanque, au foot, ou mieux encore allaient faire un plongeon sur le môle. C'était, à Alger, avec les bains Padovani et Matarès, la plage des Sablettes, la « mer la plus proche », comme ils disaient. Le petit peuple d'Alger se baignait ainsi entre les bateaux et les barques des pêcheurs, les *pasteras*, et leurs corps frôlaient des bancs de poissons qui détalaient en frétillant comme des anguilles entre leurs jambes. Devant eux, la baie immense longée de ses beaux bâtiments administratifs, bien alignés qui donnaient une impression de sécurité et de prospérité. Le soleil plombait le môle et la rade tout entière, mais nous aimions cette chaleur intense, cet air sans un souffle, qui était quand même adouci par l'eau doucement tiède du port. Au retour, le long des quais, des marchands ambulants d'oublies faisaient tourner leurs crécelles en criant « Oublie ! Oublie ! » et sortaient de leurs tambours de fer brûlants de soleil des cornets croustillants de gaufres fines comme de la dentelle, chauds comme s'ils sortaient du four.

Ceux qui ne partaient pas l'été pour aller en France vivaient ainsi dans ce qui était quand même un monde privilégié par le soleil. Il n'y avait pas d'amertume ni de manifestations pour dénoncer une certaine pauvreté, parce que le petit peuple se satisfaisait de cette vie. Il avait acquis de ses ancêtres une conscience aiguë du travail et il y mettait toujours une ardeur et un zèle incroyables. Cette endurance au travail faisait toute la différence avec les Arabes. Les pieds-noirs leur reprochaient souvent de ne pas assez travailler, de rester à l'ombre sous des figuiers et de voir passer le temps. À cela, ils mesuraient les différences de mentalités. Et même si beaucoup d'ouvriers agricoles presque tous d'origine arabe vaquaient aux champs ou dans les vignes en toutes saisons, persistait une impression générale qui prétendait que les Arabes ne travaillaient guère. Ce à quoi ma mère, avec un certain bon sens, disait : « À quoi bon travailleraient-ils puisque ce ne sont pas eux qui sont aux manettes ? Ils ne se sentent pas concernés ! »

Durant cette enfance passée en Algérie, je me souviens encore de la prépondérance française, de sa domination même sur les « masses musulmanes », comme on disait. Tellement d'erreurs stratégiques humaines avaient été commises qui avaient fait que l'on en était arrivé là ! Chaque quartier avait ainsi sa paroisse et ses églises. Elles étaient nombreuses, et très fréquentées, mais où étaient les mosquées qui, paradoxalement, auraient dû accueillir les Arabes, tellement supérieurs en nombre ? Pire encore, les conquérants des premières années, avaient transformé les mosquées en églises. La si belle mosquée Ketchaoua, rebâtie en 1793 par le pacha Hassan, offerte, il est vrai, par les autorités spirituelles musulmanes à la France, devint la future cathédrale d'Alger en 1832, la mosquée Ali-Bitchnin devint l'église Notre-Dame-des-Victoires en 1843, la mosquée Djama-Berani l'église Sainte-Croix en 1845, etc.

Des rancœurs, des colères, des haines s'étaient ainsi tissées jusqu'à l'explosion de 1954. Mais les pieds-noirs continuaient à ne rien voir, à ne rien comprendre. Ou plutôt ils feignaient de ne rien comprendre. Il s'agissait avant tout de sauvegarder cette terre conquise, car où aller ? C'était en cela un peuple originel qui avait voulu effacer de sa mémoire son histoire passée pour tout recommencer : effacer sa propre misère, ses propres condamnations. Repartir de rien, s'attacher à une nouvelle terre qui, en tant que nation, en effet n'appartenait à personne, voie de passage des grandes conquêtes, et de cette voie de transit, en faire une terre-patrie, un modèle unique. Une Arcadie retrouvée.

C'est pourquoi la douleur est si grande sur le bateau du retour : rejetés à la mer, il n'y a plus, dès lors, de terre immobile et sûre. Que le mouvement instable des eaux. Cette immobilité est perçue avec une acuité incomparable. Elle fait surmonter les malheurs inhérents à toute vie, les deuils, les problèmes de santé, les accidents. Au-delà de ces vicissitudes, il y avait une terre qui semblait être protégée. L'Algérie en cela ressemblait à ces terres antiques que chantaient les poètes, Virgile, Homère ou Lucrèce. Des terres qui formaient un tout cohérent où se rassemblaient sans se contrarier les climats, les paysages, les races, les saisons, les éléments. C'était surtout cela qui nous paraissait unique. L'Algérie se suffisait à elle-même tant elle était riche de tous les bienfaits de la terre. Il y avait quelque chose en elle qui était de l'ordre de l'utopie, de la mythologie, comme si les dieux l'avaient visitée. Albert Camus avait bien compris cela quand, inaugurant son premier recueil de textes, publié à Alger en 1939, il ouvrit le récit de *Noces* par cette phrase : « Au printemps, Tipasa est habité par les dieux et les dieux parlent dans le soleil et l'odeur des absinthes, la mer cuirassée d'argent, le ciel bleu écru, les ruines couvertes de fleurs et la lumière à gros bouillons dans les amas de pierres. » Même si l'on aimait à dire que l'Algérie était un département français, on ne la considérait pas comme tel : on l'imaginait plutôt comme un pays à part, légendaire et sacré, qui avait une unité singulière et une dimension spirituelle que l'on ne retrouvait guère en France.

Retrouvaient-ils d'ailleurs cette singularité, les métropolitains (rares, à vrai dire), qui venaient en vacances à Alger ou dans le reste du pays? Ils ne résidaient guère dans les villes, ne les trouvant pas assez exotiques, et partaient aussitôt pour les Aurès, les oasis ou la Haute Kabylie, autrement plus poétiques à leurs yeux. Le petit peuple des pieds-noirs ne les intéressait pas, ils le méprisaient souverainement, le trouvant trop éloigné des réalités du monde moderne et trop inculte en général pour dialoguer avec eux. Il est vrai que notre art de vivre ne pouvait convenir qu'à un vrai natif du pays. Il y avait en nous une générosité, une spontanéité qui paraissaient étrangères, voire ridicules à des esprits modernes ou dits « évolués »... C'est pourquoi les Français de France étaient devenus au fil des années de véritables sujets de moqueries et de plaisanteries. Ils étaient dénués à nos yeux de toute force vitale, nous les trouvions peu vigoureux, pas assez sauvages ni audacieux. Leur prise de position pendant les événements nous avait de surcroît éclairés. Ils étaient prêts à lâcher leur patrie pour plus de tranquillité, prêts à brader l'honneur de leur pays. Et c'était « chez eux » qui n'était plus « chez nous » que nous allions !

À mesure que l'on s'approche des côtes, le malentendu devient grossier et évident. Ce « chez nous » que nous croyions naïvement être la France est en fait un pays étranger à nos mœurs, à notre façon d'être et de comprendre les choses et le monde. On avait ainsi vécu sur des idées toutes faites, sur des images d'Épinal, sur des clichés qui, finalement, s'effondraient. Nos yeux qui fixent l'horizon pour voir apparaître les côtes sont décillés, il ne nous reste vraiment plus rien… À regarder les voyageurs, quelque chose en eux relève de la tragédie antique, cette douleur figée, qui ne veut pas s'exhiber et que pourtant l'on ressent charnellement. Les vieilles femmes, vêtues de noir, ressemblent à leurs aïeules, celles qui dans les années 1840 avaient investi le pays pour le transformer. Elles sont semblables à ces femmes corses, sardes, maltaises, italiennes, majorcaises, siciliennes, toutes vêtues de noir et ne savent pas la suite de l'histoire. Les hommes aussi retiennent cette anxiété dans le regard, une gravité aussi qui leur donne des airs nobles, d'une dignité exemplaire.

On avait aimé l'Algérie comme une mère, parce qu'elle avait quelque chose de spirituel qui nous reliait toujours au sacré. Peu importait si nous pratiquions une quelconque religion, mais que ce soit l'islam, le christianisme ou le judaïsme, le sentiment religieux était partout. Nous vivions avec lui. Même les laïcs, et il y en avait beaucoup, respectaient les cérémonies et en ressentaient le poids, sans le combattre. Chaque geste, chaque acte de la vie était scandé d'une tradition religieuse et le travail lui-même était un temps d'offrande. En contemplant la nature, en admirant les paysages qui se donnaient si simplement, on avait pris l'habitude d'être dans une forme de prière à multiples facettes, une prière syncrétique où tout se rassemblait et s'unifiait.

Même le malheur de la guerre n'était pas parvenu à rompre ce lien. Jamais nous n'avions cédé au désespoir et au reniement de notre ferveur. Aux moments les plus dangereux, le ciel s'offrait dans une pure louange, comme les cerisiers de printemps qui recouvrent Alger d'une blanche coupole. Mais cela n'avait rien d'ostensible ; au contraire, il régnait une simplicité extrême mais qui plaçait tous les regards en situation fervente. En état d'admirer. Le paysage, jamais, ne fit partie du décor, on lui était reconnaissant d'être là parce qu'il nous faisait accéder à plus grand que nous. De cela, peut-être, l'appréhension si directe du monde, cette sensibilité si spontanée que nous avions. Même les plus tragiques événements n'avaient pas empêché les joies de cette vie en Algérie.

Et pourtant, chacun, ici, sur ce bateau, en connut, des moments d'angoisse ! Chaque fois, ma mère, je m'en souviens, disait qu'il faudrait bien un jour partir : « Le plus tard possible », rectifiait-elle toujours, parce que sa vie était là, elle s'inquiétait pour nous, pour la nourriture, son obsession, faisant sans cesse des provisions au cas où un jour nous ne pourrions plus sortir. Nous avions ainsi de quoi soutenir un siège. Très organisée, elle comptait les sacs de semoule, de sucre, de riz, les conserves de sardines, de corned-beef, les fruits secs, tout ce qui pourrait nous faire « tenir ». Les jours de soleil avaient été pourtant longtemps endeuillés. « Quelle tristesse, disait-elle, de perdre cette lumière, de ne pas en profiter… »

Quand la guérilla urbaine s'installa à Alger, que les fellaghas décidèrent de transporter la guerre dans les quartiers populaires pour semer la terreur dans la population civile, nous n'étions nulle part en sécurité. Dès lors, tous les Arabes devinrent des suspects. On regardait d'un drôle d'air les femmes voilées, leurs yeux qui, seuls, étaient visibles étaient-ils des yeux de femme ? Et si elles transportaient des bombes sous leur voile ? Des jeunes filles aux airs très français s'étaient engagées dans la révolution. C'étaient en fait de jeunes musulmanes issues pour la plupart de milieux favorisés, exaltées par la mystique révolutionnaire, qui affichaient un style européen pour donner le change. Assises aux terrasses des cafés, habillées à la mode « Bardot », robes vichy ourlées d'un feston de broderie anglaise, petit foulard posé à la fermière, sac de paille, lunettes papillon, elles arboraient un « look » très émancipé. Les pieds-noirs qui « avaient l'œil », comme ils disaient, s'en méfiaient et les surveillaient. Pas assez cependant pour ne pas éviter les carnages des brasseries d'Alger, *La Cafèt'*, *Le Milk'Bar*, *L'Otomatic*. C'étaient bien de ravissantes jeunes femmes qui avaient porté le feu aux terrasses des cafés d'étudiants, il s'agissait seulement de descendre aux toilettes, d'y laisser son sac à main et de quitter le café d'un air désinvolte, fraîchement recoiffées et remaquillées, pour se perdre dans les rues très fréquentées du centre-ville d'Alger. De loin, tandis qu'elles devaient feindre de regarder une vitrine, elles avaient dû entendre les déflagrations et imaginer le massacre, des femmes aussi jeunes qu'elles, gisant dans leur sang, d'autres mutilées, des hommes agonisant sur le trottoir.

Comment dès lors tenter de rétablir des liens avec les Arabes ? Tout était consommé depuis longtemps de toute façon : c'est ce que les pieds-noirs les plus lucides se disaient secrètement entre eux. Ils savaient, ceux-là, que le pays allait à sa perte, et qu'il ne resterait plus pour nous que la fameuse formule qui déjà circulait, « La valise ou le cercueil ». C'est pourquoi tous s'étaient précipités dans les gares maritimes pour quitter, la mort dans l'âme, le pays tant aimé. Chacun savait qu'au-delà du 5 juillet, jour décrété de l'Indépendance, plus rien ne serait contrôlable. Les responsables algériens eux-mêmes avaient déjà prévenu dès le mois de juin des imprévisibles et certains débordements et que la sécurité des Français ne pourrait être assurée. Alors partir, tout quitter. Plus rien ne serait désormais comme avant. Ni la façon de voir le monde et les hommes, ni notre manière de vivre, à la lumière jaunissante de l'exil.

Certains avaient décidé de rester malgré les recommandations de l'administration et les conseils de certains de leurs amis arabes. « On ne pourra rien pour vous, leur disaient-ils, on ne pourra pas vous protéger. Vous savez ce que c'est, une foule en délire, il y a toujours des fanatiques… » Mais quelques poignées d'irréductibles ne voulaient pas quitter le pays et avaient décidé de tenter la chance. Quand nous avions quitté notre appartement pour le port maritime, nous savions qu'un couple de pieds-noirs au second étage voulait rester. On leur avait dit adieu, la veille. Ils nous avaient vus partir avec un pincement au cœur, les adieux s'étaient faits dans un silence impressionnant, car nous savions que nous ne les verrions vraisemblablement plus jamais. Ils avaient promis de se terrer durant les quinze premiers jours de l'Indépendance, une fois la liesse passée et que l'euphorie de la victoire serait tombée. L'heure viendrait enfin où, livrés à leur propre destin, les Algériens retrousseraient leurs manches et commenceraient à organiser la restauration de leur pays tout neuf selon leur volonté.

À vrai dire, on ne croyait guère à cette libre organisation... On savait que les puissances étrangères étaient déjà aux portes et que ni les États-Unis, qui avaient si puissamment aidé la rébellion, ni les Soviétiques, bons pourvoyeurs d'armes eux aussi, ne renonceraient à se partager le gâteau. Beaucoup d'Algériens avaient cru si naïvement à la révolution qu'ils étaient pathétiques d'idéalisme. Ils ne pouvaient pas imaginer que des puissances internationales, fortes de leurs capitaux, viendraient piller les richesses immenses du pays et qu'encore une fois ils seraient les dindons de la farce... Pour l'heure, ils chantaient la victoire, avec eux, ceux qui les avaient aidés, des intellectuels français qui vivaient tant en France qu'en Algérie, qui écrivaient poèmes et chants révolutionnaires, à la gloire de l'indépendance recouvrée. Mais allait-elle vraiment exister, cette indépendance-là?

En traversant la ville en voiture, en ce petit matin de juin, la ville était apparue étrangement paisible mais comme désaffectée. Depuis longtemps déjà, Alger n'avait plus retrouvé sa quiétude et son rythme. Pendant la guerre, c'est comme si elle était retombée dans les violences d'avant l'arrivée des Français en 1830. Au temps où la darse accueillait les milliers de captifs livrés à la haine des pirates et des habitants de la ville, où des cortèges étaient organisés dans les rues étroites de la Haute Casbah pour exhiber les chrétiens enchaînés. Terreur et joie mauvaise à la fois, tout un climat de violences et de brutalités dont Alger était comme imprégnée à jamais. Après la conquête, elle était devenue une ville très gaie, qui faisait corps avec tout ce qu'elle accueillait comme saveurs, odeurs, sensations multiples. Il y avait une forme de jubilation qui régnait toujours. Les rues de Bab-el-Oued comme celles des « beaux quartiers » étaient trouées jusqu'à la mer de sorte qu'elle était toujours visible, sa vue même donnait une allégresse, un optimisme, un dynamisme qui défiaient tous les malheurs. Mais en ce petit matin funeste, Alger s'était comme défaite, affalée dans sa douleur. Presque personne n'osait sortir dans les rues, un mélange de peur et de honte à la fois. La lumière elle-même semblait avoir perdu de son éclat. Dans l'aube naissante, elle était laiteuse et affadissait tous les contours des maisons, faisait planer une atmosphère presque irréelle.

C'est qu'Alger n'en croyait pas ses yeux. Le cessez-le-feu était proclamé. Les affaires courantes étaient expédiées. La ville se vidait de ses habitants. À ses portes, pillards et profiteurs surgis d'on ne sait où, assoiffés de vengeance et ivres de joie attendaient impatiemment leur tour d'y entrer. Arrivait maintenant l'heure des lendemains de révolution que tous croient roses et qui s'achèvent généralement dans les pires désillusions ! Mes parents disaient qu'une fois passé les fêtes, le peuple algérien serait trahi et qu'il n'était pas encore au bout de ses peines. Ni préparé à gérer un pays, ni capable de contrôler la rue, il était mûr pour tomber dans les bras des rapaces internationaux qui veillaient au grain et d'une oligarchie déjà déterminée à confisquer le pouvoir. Ma mère dit ne plus vouloir en parler. Faire table rase de tout ce qui s'est passé. Mais elle en mesure confusément le défi et l'absurdité. Le pays est en nous s'il n'est plus à nous, et jamais il ne nous quitterait.

Des voyageurs sur le bateau imaginent déjà leur nouvelle vie en France. Ils s'appuient sur des clichés, des idées et des images toutes faites : mais sauront-ils s'ajuster à leurs rêves et à leurs problèmes ? Tous sont sceptiques. On lit la gravité dans les visages, la crainte de n'être ni accepté ni respecté. Une vieille femme proclame à la cantonade : « Vous verrez, ils nous prendront pour des romanichels. Ils auront aussi peu de manières qu'ils n'en ont pour les gitans ! » Je crains le pire, les injustices et les brimades, le mépris et la misère. Je buvais l'air vif, le visage encore humide des embruns, j'ai l'impression de me revigorer, de reprendre des forces, d'acquérir de l'énergie. En moi, cette confiance et cette foi qui me permettent de tout braver. « Tu as la vaillance des colons, toi », dit ma mère en me regardant fièrement !

L'heure arrive cependant de s'approcher de la France. Sera-t-elle conforme à ce que nous en imaginions lorsque dans la douceur dorée de l'Algérie on pensait à elle, nous fiant aux romans régionalistes, de George Sand à Ernest Pérochon, qui montraient les mœurs d'autrefois, dans les campagnes, les villages fleuris où serpentaient des ruisseaux, des champs à l'herbe épaisse où paissaient des vaches plantureuses ? Tout un monde mythifié qui nous ferait peut-être tomber de haut quand nous nous heurterions à la réalité de la vie ordinaire. La France était pour nous synonyme de froid, de neige, de saisons bien tranchées, de paysages ronds et tendres, on l'associait dans notre naïveté aux châteaux de la Loire, aux grandes heures de son histoire, nous n'en voyions jamais les mesquineries, les défaites et les forfaits. C'était plutôt la France des cathédrales, des grands ordres monastiques, des abbayes imposantes, Cluny et la Grande-Chartreuse, un territoire fait de clichés et d'images tirées des manuels d'histoire que l'on nous donnait à étudier et dont les illustrations demeuraient gravées en nous. La France, Versailles, le Trianon, la cathédrale de Chartres et ses vitraux tout bleus, les champs immenses de la Beauce, la Normandie blottie dans ses bocages. Nous en avions une culture stéréotypée, faite de symboles et d'images de cartes postales. Était-ce du fait de l'éloignement ou du mépris dont la France nous accablait avec impudence ?

Mais nous étions toujours en retard sur ses progrès. Notre langue, notre vision du monde, nos valeurs morales dataient encore, en ces années cinquante-soixante, d'une époque déjà révolue en France. C'est pourquoi nous avions encore conservé un patriotisme ardent quand il commençait à s'effacer en métropole, un respect pour la religion chrétienne, qui, elle aussi, amorçait son déclin, une conception très patriarcale de la famille quand les femmes réclamaient déjà leur émancipation, un sentiment religieux profond quand il se diluait. Nous aimions les poètes de l'entre-deux-guerres, Charles Péguy, et les grands versificateurs nous plaisaient beaucoup. C'était une culture passéiste et bon enfant qui correspondait bien à l'harmonie à laquelle le pays, avant la guerre, nous invitait. Quand, en France, les mélomanes s'exaltaient pour les grands opéras du répertoire, nous leur préférions les matinées de l'Opéra, les opérettes qui nous enchantaient ! On alternait ainsi les plaisirs entre la plage et les airs suaves de *Valses de Vienne* ou de *La Veuve joyeuse* ! Le malentendu se poursuivait. Plus que jamais l'exil nous était promis. Albert Camus avait depuis longtemps déjà exprimé ce qu'il signifiait pour lui : l'impossibilité de faire un lien quelconque entre les deux rives, « deux vies que je ne peux relier l'une à l'autre », écrivait-il…

Sur ce bateau lourd de ses voyageurs « spéciaux », la rive nouvelle, l'autre rive, va bientôt se profiler à l'horizon. Aux visages fermés et crispés, on mesure l'anxiété : quel accueil nous attendrait ? Des voyageurs qui avaient eu des nouvelles de leur famille déjà arrivée en France les semaines passées avaient fait des récits très alarmants. Ils rapportaient qu'une tension très vive régnait à l'arrivée du paquebot, que la presse n'était pas du tout favorable à cet afflux massif et inattendu de rapatriés, que la ville de Marseille n'était pas très contente de ce qu'il fallait bien appeler désormais un « exode » et qu'elle n'était pas du tout disposée à faire beaucoup d'efforts, que seules des associations caritatives et religieuses s'occupaient des plus démunis, etc.

Les conversations vont bon train sur le pont et, à l'esprit, cette impression toujours étrange d'aller vers la rive hostile, comme une fatalité. Peu à peu l'inquiétude gagne les voyageurs. Des hommes commencent à s'emporter, à lancer des menaces, certains s'échauffent, montent le ton, des femmes instinctivement rassemblent leurs enfants autour d'elles, d'autres plus âgées sont murées dans leur silence. Quelquefois, elles portent un mouchoir à leurs yeux et le remettent, en le faisant glisser comme le font les femmes simples, dans la manche de leur chemisier ou de leur chandail.

Autrefois, quand nous arrivions à Marseille, il y avait une joyeuse animation sur le pont, on s'accrochait au bastingage, et c'était à qui verrait le premier les côtes françaises. C'était le temps heureux des vacances, celui de l'insouciance. « De l'inconscience », rectifiait ma mère. On avait ainsi besoin de rites et de célébrations. C'est pourquoi l'Algérie nous apparaissait toujours comme une terre éminemment religieuse et sacrée. On rythmait nos vies dans la flamboyante lumière qui y régnait. Les fêtes des trois religions monothéistes auxquelles nous ajoutions nos superstitions, qui n'avaient rien d'orthodoxe, nous aidaient à suivre un calendrier qui nous était propre. En ce sens, il n'y avait pas de ségrégation entre les communautés, encore moins de discriminations. La cuisine, les rites religieux, la vie familiale, le culte des enfants et celui du paysage faisaient le lien social entre nous tous. Les Arabes aimaient les plats français, tous fruits du bassin méditerranéen, et nous aimions leurs couscous, leurs pâtisseries. Jamais il ne nous était venu à l'idée, sauf dans les deux dernières années, de nous méfier des plats et des confiseries que les Arabes nous offraient. La crainte des empoisonnements n'existait pas. Il nous semblait toujours que nous vivions ensemble sur une même terre, et que nous en partagions les « vraies richesses », celles qui étaient gratuites, la mer, les senteurs, les ciels immenses et cloutés d'étoiles…

Sur le pont du *Ville d'Alger*, je comprends le malentendu et surtout la trahison. J'éprouve le sentiment délié du délaissement, de quelque chose d'en allé à jamais. Le sillage du paquebot dessine cet « en-allé ». Il semble effilocher la mémoire à mesure que l'on s'est éloignés de la rive aimée, la déchiqueter et ne nous laisser que des lambeaux. Qu'en retiendrons-nous ? Des traces du bonheur sûrement. Et des angoisses la nuit, où se rejouera la tragédie : les corps morts enjambés pour aller à l'école, les corps déchirés sur les trottoirs, les couvre-feux qui donnaient à la ville des airs fantomatiques, les fusillades dans la rue d'Isly où les Français de France tirent sur les pieds-noirs sans armes, les photos tirées des livres blancs où l'on voit, horrifiés, des corps de bébés mutilés par les fellaghas… Je me dis que l'on part avec une valise, mais comme elle est lourde, cette valise ! Lourde de trop de souvenirs difficiles, indélébiles… Le voyage poursuit la légende. Elle a commencé il y a tant d'années et l'histoire des pieds-noirs s'est tellement incarnée dans l'édification du pays que leur départ leur semble impossible et surtout injuste.

Et pourtant tous autour d'eux, tant en France que dans le monde, reconnaissent la légitimité de la lutte armée du FLN, tous voient dans ses chefs historiques des héros d'une révolution qui a enfin mis à terre le démon colonialiste. De sorte que les pieds-noirs, perçus comme de petits agents de la pieuvre démoniaque, sont eux aussi jetés à la mer sans ménagement. Et nous ne comprenons rien à cette exclusion. Ce que nous savons, c'est que nous laissons le pays avec ses infrastructures, ses usines et ses routes, ses chemins de fer et son patrimoine architectural, ses ports et ses villes, ses villages et ses cultures, ses musées et ses monuments, ses puits de pétrole. Et qu'en retour pas même ne nous est accordé le droit de partir dignement.

Depuis toujours planait cette volonté sourde des « indigènes » de reprendre le pays. C'était une lutte secrète qui n'avait pas cessé, avec des menaces et surtout une antipathie à l'égard de tout ce qui venait de la France. Nous étions les occupants et ils se considéraient, souvent à juste titre, comme les occupés. Préféraient-ils alors la soumission ottomane ou la liberté nonchalante des tribus nomades d'avant la conquête française ? Peu à peu, au fil des années et des frustrations, s'éveilla en eux l'esprit nationaliste. Le discours de de Gaulle allait dans leur sens puisqu'il parlait du droit des peuples à disposer d'eux-mêmes. Mais comment par ailleurs faire admettre aux pieds-noirs qui avaient été le ciment fidèle de la prospérité algérienne que, soudain, ils étaient de trop et que les stratégies avaient changé ? « Autre temps, autres mœurs », disait Voltaire, et il fallait bien se plier aux nouveaux choix de la France.

Dès la fin de la bataille d'Alger, en 1958, de Gaulle décida du sacrifice de l'Algérie et des pieds-noirs. Nous n'avions pu le soupçonner tant l'histoire nous semblait irréelle. Mais peu à peu il fallut bien se rendre à l'évidence. De Gaulle et les plus hautes autorités de l'État traitaient avec la rébellion et faisaient déjà leurs comptes. Au diable les pieds-noirs qui devenaient gênants avec leur patriotisme sentimental ! Nous refusions d'admettre ce cynisme peut-être parce que nous-mêmes en étions totalement dépourvus. Alors on continuait « comme avant », disait ma mère.

Albert Camus, que nous aimions parce que nous le savions profondément « pied-noir » dans l'esprit et dans le cœur, avait bien tenté de proposer des solutions autres, mais elles avaient toutes été rejetées et par de Gaulle et par le FLN surtout, qui y voyait une manière de maintenir la présence française en Algérie. Quand il avait publié ses propositions, nous avions compris que déjà, il était trop tard pour garder le pays mais au moins était-il possible peut-être, selon lui, de rester. Car ce que nous voulions, c'était demeurer sur cette terre, avec nos morts et dans nos maisons, aller toujours sur nos plages et pique-niquer sous les pins. Là où nos « ennemis » français et algériens convoitaient les ressources et les richesses du pays, nous ne voulions que conserver notre art de vivre, simple et joyeux. L'inconcevable était le départ définitif, intolérable et si injuste.

Camus nous avait mis un peu de baume au cœur et, devant l'étendue du conflit, et la détermination des rebelles, ses propositions nous étaient apparues admissibles. « Si bien disposé qu'on soit envers la revendication arabe, écrivait-il, on doit cependant reconnaître qu'en ce qui concerne l'Algérie, l'indépendance nationale est une formule purement passionnelle [...]. Les Français d'Algérie sont, eux aussi, et au sens fort du terme, des indigènes... » Camus allait encore plus loin dans ses déclarations : si l'un des éléments du problème est « le droit à l'existence et à l'existence de leur patrie, de 1 200 000 autochtones français, qu'il n'est pas question de remettre à la discrétion des chefs militaires fanatiques [...] le gouvernement français doit faire savoir nettement [...] qu'il ne cédera rien sur les droits des Français d'Algérie ». Appelant de tous ses vœux à une « véritable structure fédérale française qui réalisera le véritable Commonwealth français », Camus enfonçait le clou en refusant « de servir le rêve de l'empire arabe aux dépens du peuple européen d'Algérie et finalement aux dépens de la paix du monde ».

Mais lui qui ne manquait pas de vision ne put faire entendre sa voix. « C'est fichu, avait-il répété à ses anciens amis de faculté, définitivement fichu. » Du coup il s'était tu, et avait refusé tout commentaire, tout entretien avec la presse, se contentant de rendre régulièrement visite à sa mère à Alger et regrettant même d'avoir fait encore une fois son pèlerinage habituel à Tipasa. « Certes, c'est une grande folie, et presque toujours châtiée, écrit-il, de revenir sur les lieux de sa jeunesse et de vouloir revivre à quarante ans ce qu'on a aimé ou dont on a fortement joui à vingt. » Mortifié, désespéré, il se sentait soudain exilé, de nulle part. C'est pourquoi il était devenu dans mon adolescence mon maître à penser, je buvais ses textes dès que je fus en mesure de pouvoir m'en procurer. Et jamais aucun autre écrivain au monde ne pouvait être alors aussi proche de ce que j'éprouvais de l'existence, des sensations offertes…

C'est qu'il avait tout compris de ces « noces » que nous avions contractées avec la terre natale. On l'aimait pour sa générosité, pour sa fidélité aussi. Mais tout avait été balayé par la violence et la haine. Pas la moindre petite chance n'avait été laissée au pays pour surmonter la guerre. À force de propagande, tous les Algériens croyaient à la prospérité de l'Algérie bientôt indépendante et pensaient pouvoir en bénéficier. Nous, nous savions qu'il n'en serait rien parce que l'identité algérienne était un leurre, une vague illusion qui leur avait été vendue pour les inciter à combattre. Mais nous étions certains d'être aussi légitimes qu'eux, peut-être même plus qu'eux, les juifs d'Algérie par exemple, les plus anciens sur cette terre…

Devant l'ampleur du désastre et la surprise provoqués par l'exode massif, certains voyageurs sur le bateau finissent par se croire coupables. Leur attitude physique les trahit déjà, ils courbent le dos, baissent les yeux, mortifiés de honte de rentrer en France. Troupeau de déguenillés à la dérive et obligés, « bessif », de se soumettre à la charité d'un pouvoir politique et d'une opinion publique résolument hostiles ! Ils ressassent leurs arguments, refont l'histoire, sont convaincus de leur bonne foi. Car en vérité, où sont-ils les fiers et arrogants colons que le FLN et les Français ont généralement imaginés ? Serions-nous donc les exécuteurs des basses besognes des grosses fortunes coloniales ? Elles paradent, ces fortunes, cependant à Paris et dans les couloirs de l'Assemblée, discutent avec de Gaulle, reprennent la main, fortes des propriétés achetées de longue date en France et de leurs liquidités déjà placées en Suisse, en Espagne ou en Amérique latine. Reste le petit peuple, pauvre et naïf qui ne comprend rien à l'histoire mais soupçonne l'escroquerie.

Sur le pont du bateau, j'entends des bribes de conversations et des hommes qui évoquent la longue épopée de l'Algérie : étranges palabres tandis que le paquebot fend la mer et rejoint les côtes de Provence ! Même Ferhat Abbas, même les premiers nationalistes, disent-ils, avaient cherché en vain de quoi étoffer leur fameux concept de nationalité algérienne… Car il n'y en avait pas. Jusqu'en l'an 900, la terre d'Algérie, l'Ifriqiya, était chrétienne. Ce n'est qu'au moment des grandes invasions arabes et nomades, fraîchement islamisées, que les habitants l'ont été à leur tour par l'épée… Où étaient alors les sourates de paix, celles qui parlaient de miel et de paix, d'oasis enchanteresses où pourrait se reposer le juste, et prier Allah, le Dieu grand et bon ? N'étaient exaltées que les sourates guerrières et menaçantes, « Tuez vos ennemis partout où vous les trouverez », « pillez et tuez, mettez en esclavages vos prises de guerre »… De la grâce de Tipasa, de Timgad, de Tiddis, et de tant d'autres villes de l'ère punique et romaine, il ne resta rien : des ruines abandonnées dans les champs où vinrent désormais paître les moutons. Pourquoi restaurer ces merveilles d'un art ennemi, pourquoi se placer dans leurs pas ? Puis les Turcs vinrent, semant sciemment la discorde entre les tribus arabes et berbères, les plaçant sous leur domination et entretenant entre elles des zizanies quotidiennes qui les laissaient libres ainsi, sur le littoral, de développer leurs industries : pirateries sur tout le pourtour du bassin méditerranéen, arraisonnant les bateaux de commerce européens, traînant en esclavage les équipages, faisant des incursions sur les littoraux les plus proches, semant la terreur dans les villages, raflant tout sur leur passage, biens et êtres humains, car nul ne fut plus maître de la traite esclavagiste que les musulmans… Bien avant le fameux trafic triangulaire européen dont les pays africains ne cessent de dénoncer l'horreur, les barbaresques pratiquaient l'esclavage à grande échelle. Commerce extrêmement réglé qui fit des millions de victimes ! C'était, nous semblait-il, une vraie injustice que de considérer la France comme un pays d'exploiteurs.

Comme je m'intéressais beaucoup à la politique alors que j'étais élève de troisième au lycée Bugeaud d'Alger, je connaissais les arguments des communistes, leurs chiffres à l'appui, leur curieux sens de la justice qui faisait qu'en Algérie les pieds-noirs n'étaient que des assassins ou des nantis tandis qu'en Union soviétique, l'égalité et la paix sociale régnaient ! Cela me faisait rire vraiment quand aucun d'entre eux ne voulait rendre justice à la France pour tout ce qu'elle avait fait durant plus d'un siècle alors que le pays qu'elle venait d'occuper, en 1830, n'était que marécages et que les habitants étaient décimés par le paludisme et le choléra. Mon père, qui travaillait au Service des eaux d'Alger, m'avait alors ramené un document officiel édité par le ministère qui faisait état de tous les travaux colossaux que la France avait accomplis en Algérie où, « rappelons-le, disait-il, il n'y a jamais eu d'apartheid ni de ghettos programmés comme il y en eut si longtemps aux États-Unis d'Amérique ».

Implantation d'une infrastructure, modernisation des techniques, recherche de nouvelles richesses, création de nouvelles sources de revenus. Essor prodigieux de la construction, cités modernes créées pour les populations les plus défavorisées, tant françaises que musulmanes, indifféremment attribuées, modernisation de l'habitat rural, plans de scolarisation totale, réseau routier digne d'un pays moderne, ports comparables aux plus grands ports français, réseau ferroviaire toujours plus vaste, création de centrales thermiques, de lignes aériennes, aménagements hydroélectriques exceptionnels, exploitations minières, tout un arsenal dynamique qui avait une vision pour l'avenir… Et c'est « clés en main », dit un voyageur sur le bateau, que le pays a été donné aux vainqueurs… Répéter l'injustice, redire sa vérité, ressasser sa peine et son malheur, se lamenter : tout ce qu'il nous reste à faire, dit-il, puisque là-bas en France, l'on ne serait jamais plus les acteurs de notre existence.

Je remarque aussi combien cette expression « là-bas » était floue. Chaque camp se la renvoyait. Pour nous autres, pieds-noirs, là-bas était bien la France, un pays lointain par ses mœurs et son climat, mais dont nous dépendions cependant et dont nous étions un petit rameau vif et fécond. Mais pour les métropolitains, « là-bas » signifiait l'Algérie. Être de « là-bas » était, dans leur bouche, très péjoratif; on était d'une terre innommée, si singulière qu'elle suscitait la crainte et le mépris. On venait donc de

« là-bas » et l'on allait « là-bas » : on ne serait ainsi jamais que des errants et des anonymes, des sans-voix qui ne représentions rien. Seulement des fauteurs de troubles, de prétendus racistes et des incultes de surcroît ! Notre nouvelle existence commençait sous ses auspices peu encourageants.

Pour confirmer toutes nos craintes, un des passagers nous parle des mentalités françaises en général. Il décrit ainsi les Français peu généreux, envieux et inaccueillants. Il dit qu'il est parti faire la guerre dès 1940, qu'il a vu des choses qui feraient honte à un pied-noir, des libérateurs du pays auxquels les Français faisaient payer dans les campagnes trois œufs, du lait, un plat chaud… « Ce qu'ils veulent, c'est qu'on leur foute la paix, raconte-t-il, qu'on les laisse tranquilles, tant pis si le pays perd son honneur… Beaucoup l'auraient donné aux Allemands, s'il avait fallu… Alors pensez, nous… on vaut vraiment pas cher. » On ne répond pas, on regarde l'horizon, la mer, toujours l'étendue immense, autrefois source de bonheur, aujourd'hui menaçante… On se souvient de ces baignades incroyables dans des eaux tièdes et des heures exquises dans la douceur des fins d'après-midi aux crépuscules tardifs, dans une lumière rose presque mauve. Et cette impression de bonheur calme qui nous envahissait.

Le bateau avance dans un calme relatif bien que les passagers commencent tous à se regrouper sur le pont pour assister au surgissement des rivages français. Un étrange calme, une solitude extrême. Chacun se tait, enferme son chagrin dans sa gorge. Et pourtant il est palpable. Le sanglot dans la gorge nouée s'entend comme une plainte désespérée. Seul le regard est vif, perçant, cherche à voir. Les pieds-noirs n'aiment pas les complications. Quelque chose en eux les pousse à jouir pleinement des choses simples de l'existence. Ils ont horreur des histoires et des finasseries. C'est tout noir ou tout blanc. Tranché comme la lumière qui inonde leur pays. Franc comme ces averses qui surviennent violemment à Alger, inondent les rues, giflent les passants et qui cessent en une seconde, pour laisser place au ciel dégagé, à l'arc-en-ciel, à la lumière retrouvée.

Le voyage en mer, aussi court soit-il, permet cependant d'intégrer des souvenirs, des images définitivement ancrées dans la mémoire et qui feront la légende, la mythologie secrète de sa « race ». C'est une tradition orale que peu d'écrivains ont retranscrite même au temps des pionniers. Pourquoi penser en ce moment particulier à mes promenades le long des plages de Tipasa, remontées de je ne sais quel fond obscur ? Pourquoi les inscrire dans le nouvel album sinon pour ne pas se sentir totalement « étranger », pour se savoir porteur d'une histoire, d'une tradition ?

Non, nous ne venons pas de rien, mais d'un lieu de lumière dont on va faire un paradis perdu et que l'on racontera à nos enfants. Paradis perdu bien sûr parce que l'on sait que le pays, tel que nous l'aimons, n'aura pas, aux mains du FLN, le désir de le perpétuer.

C'est un petit matin sur les rivages de Tipasa. J'ai sept ans, peut-être huit. Comme tous les enfants de mon âge, j'ai un seau à la main et j'arpente la plage. Ma mère me surveille sans en avoir l'air. Elle est assise sous une tente en toile, celle dont on fait des espadrilles, rêche mais résistante au vent. Elle est bayadère, orange et rouge, et sur un pan de toile sont imprimés (cela ne peut s'inventer) ces mots : *Carpe diem*... Depuis peu, je sais ce que signifient ces mots inconnus : ma mère, qui n'a jamais étudié le latin et qui ignore sans doute jusqu'à l'existence du poète latin Horace, a fini un jour par les faire traduire. Je pense à ces mots avec émotion, c'est mon premier contact avec la langue latine. « Cueille le jour »...

Deux ans plus tard, j'entre en sixième au lycée Bugeaud. Section classique. Ma mère, quelques mois à peine après la rentrée, possède tous les rudiments de la langue pour me les faire répéter. On est passés tous deux virtuoses dans l'art des conjugaisons. On connaît tous les cas, du nominatif à l'ablatif. Je décline le mot *dies.* Je reconnais à l'accusatif le mot imprimé sur la toile de tente.

« Cueille le jour », c'était donc cet art de vivre romain que nous apprenions sur cette terre. Dans la douceur antique de la plage de Tipasa, des vaguelettes en ourlent le bord. Elles reviennent lentement, dans une sûre régularité, qui apaise. « Heure exquise qui nous grise... » chante toujours ma mère à ces moments-là. Rien ne vient troubler l'ordre du crépuscule. Des senteurs âcres de sauge sauvage et d'héliotropes parviennent par flux réguliers jusqu'à nous. Mon seau est plein de verroterie verte, des fragments de verre dépolis par le ressac, quelquefois de pièces de monnaie romaine remontées des fonds marins. Mon père prépare le pique-nique du soir : des grillades sur la plage, merguez et saucisses, des oursins tranchés à peine cueillis sous les franges d'anémones de mer blotties entre des rochers, « mange, mon fils, mange, leurs belles tranches orange sont pleines d'iode », dit ma mère qui m'oblige à m'en repaître... Je rejoins la tente qui trône au milieu de la plage presque déserte. On ne craint ni les bombes ni les fellaghas. On n'a peur de rien. Comme si l'on était protégés par les dieux de Tipasa et que dans ces instants de grâce le malheur ne pouvait exister.

Chacun a dans son esprit des souvenirs qui viennent l'assaillir sans qu'il le veuille. Des souvenirs comme des îles qui effacent la marche irréversible du paquebot, sa course logique vers son port. Une femme à côté de moi est accoudée au bastingage. Elle s'appuie fortement, sa poitrine, lourde, semble s'affaisser sur la rampe. À quoi pense-t-elle ? Quelles images la traversent ? Ma mère m'a rejoint. Elle veut donner le change, faire comme toutes les mères qui ne veulent pas inquiéter leurs enfants. Elle a mis un foulard sur sa tête qu'elle a noué elle aussi autour du cou comme ces actrices de cinéma des années cinquante, Grace Kelly ou Leslie Caron. Elle porte des lunettes de soleil et elle ressemble à une touriste qui rejoint la France après un séjour en Afrique du Nord.

L'état d'exil est étrange. On le découvre à cette nudité de soi, à cette absence de biens matériels, à ce vide qui se crée tout autour et que l'on ne parvient pas même à expliquer. La tâche paraît immense : comment refaire sa vie, car il s'agit bien de cela ? Comment reconstituer toute une histoire, des souvenirs, des albums de photos, du mobilier, des livres ? Elle dit que c'est pour cela que, prévoyante, elle a préféré emporter quelques bibelots pour que, dans sa prochaine maison, elle puisse ne pas se sentir trop seule. « Pour tes livres, c'est la même chose : tu vas recommencer ta bibliothèque. » Avec moi, une valise pleine de livres reliés, des collections de poche, tout ce qui me paraissait fondamental pour « reprendre racine ». « Mais n'oublie jamais ! » dit ma mère…

L'inquiétude, sur le bateau, croît au fur et à mesure que l'heure de l'arrivée se précise. Un halo de brume matinale brouille l'horizon : je nous invente un jeu. Qui de nous tous, en en scrutant la ligne floue, verra le premier se dessiner les côtes françaises ? Qui n'a jamais posé les pieds en France ? « C'est comment ? » disent-ils. Des réponses fusent qui ont encore le courage de plaisanter : « Tu verras bien assez tôt : les Français sont blancs comme des os de seiche, dès qu'ils voient le soleil, ils deviennent rouges comme des homards, ils se prennent des grands airs. Total : c'est des boufarounes [des « hâbleurs » dans notre langage]. » Mais très vite, la mélancolie surgit : « Y a que les paysages qui sont beaux. La Provence, c'est la Mitidja, fleurie, avec plein d'odeurs, et tout… »

La journée s'annonce radieuse, la vitesse accroît le vent, qui réveille nos yeux endormis, embués. De larmes mal contenues ? On file sur la mer, on file et on ne voit toujours rien que l'immensité de l'eau, les multitudes de crêtes ourlées d'écume. Les transats sont toujours occupés par de vieilles personnes, enfouies sous leurs plaids et sous la chape de leurs souvenirs déjà rassemblés, avec leur unique valise. Il y a même une sorte d'indifférence dans le fait de s'approcher de la France, de leur nouvelle vie. C'est comme si elles l'avaient abandonnée à ceux qui allaient s'en occuper, l'administration portuaire, les associations caritatives, les rares parents qui peut-être viendront les recueillir. Comment refaire cette vie arrachée ? Tous pensent sans doute à leurs morts, à ceux qu'ils ont laissés là-bas, à ces tombes qui ne seront jamais plus fleuries ni visitées.

Moi aussi je revois cette enfance pieuse, où tous les dimanches après la messe, nous allions au cimetière de Saint-Eugène, nous recueillir sur la tombe de notre grand-mère. Au haut de la colline, juste sous les premiers contreforts de la basilique Notre-Dame d'Afrique, la mer devant nous, les flancs de la colline étagés de cactus, de figuiers et de caroubiers. Comme une coulée de verdure qui tombait jusqu'aux rivages. La mer, parsemée d'embarcations de toutes sortes, comme une image infiniment stable, paysage d'équilibre que ni la guerre ni le temps n'auraient pu altérer. J'ai reçu comme tant d'autres, là, dans ce lieu inouï, la grâce d'admirer et de m'émerveiller, j'y ai appris comment en retenir le silence pour mieux m'en nourrir, et en plissant doucement les yeux, comment aiguiser davantage sa vue pour en saisir tout le paysage…

Maintenant livré à la bonne volonté de la France, je sais que quoi qu'il advienne, j'aurai toujours ces trésors. Le pays et tout ce qu'il retient en lui tombent sur nous comme en rafales. Ma mère, soudain lyrique, dit que c'est « comme un manteau de souvenirs » qu'il nous fait pour pouvoir supporter l'âpreté des jours à venir. Prévisibles et inquiétants. Il nous recouvre en effet et nous fait une carapace, un molleton dont on se servira en cas de malheur. Il nous réchauffera et nous reviendrons vers lui quand la solitude sera trop lourde à supporter. Et que nous manqueront l'éclat de la lumière, la tendresse dorée des jeudis après-midi de juin quand, petit garçon, nous nous promenions entre les allées d'arums et de giroflées du parc de Galland, royaume des enfants, que nous faisions halte à la vaste cage du perroquet, puis allions faire un tour à dos d'âne entre les squares à musique et les cabanes gorgées de confiseries.

Il y avait la petite boîte en fer remplie de coco, cette poudre jaunâtre que nous léchions jusqu'à ce que la gorge nous brûle, et les roudoudous, ces gros coquillages où l'on avait coulé du sucre d'orge, et les petites pralines si dures, roses et marron, toutes biscornues et grêlées, que l'on avait tant de peine à croquer et qu'il fallait sucer longtemps avant d'arriver à l'amande ! Pour me désaltérer, j'avais toujours droit à un verre de Sélecto, le Coca-Cola de chez nous, une étrange boisson au goût inimitable, à la couleur acajou, très pétillante !

Le paquebot suit sa route de mer. J'ai conscience, infiniment, que cette vision-là du bateau sur la mer, comme la propre métaphore de l'existence humaine, va résumer beaucoup de la mienne. De la nôtre, tous ici réunis. Image archétypale, à jamais ancrée dans la mémoire, comme le signe évident de l'errance, de l'échec et de l'espérance en même temps, de l'épreuve nourricière et asséchante, de l'abandon et du sursaut. Le miroitement d'argent de l'eau sous la lumière du matin aveugle et nous avons peine à voir les côtes qui pourtant surgissent dans leur épaisseur opaque, comme des monstres affalés sur l'étendue marine et qui veillent on ne sait quel royaume terrible. Pas encore de maisons visibles à l'horizon, mais cette masse de terre brune qui tranche sur la lame d'argent des vagues ruisselantes déjà de soleil. Personne ne dit comme autrefois la vigie : « Terre ! Terre ! », car ce matin-là, personne n'a envie de voir ces côtes, personne ne les a guettées dans la joie et dans l'espérance. Au contraire, terres redoutées, terres porteuses d'anxiété !

Les voyageurs, un peu fatigués de la traversée, regardent fixement la France apparaître devant eux. C'est toujours un moment émouvant que de voir surgir du fil de l'horizon des terres habitées, peuplées d'autres hommes avec lesquels il faudra vivre, parler, échanger. Avec un pincement au cœur, des frissons qui me parcourent les bras, je les vois avancer, se préciser. Elles sont là, de toute éternité, stables et solides, comme si elles nous attendaient de pied ferme. Ma mère me dit : « Ça y est, cette fois, c'est la bonne ! Nous y sommes sur le sol de tes ancêtres, on y revient. » Elle se serre contre moi, elle ne sait pas quoi penser de tout cela, personne d'ailleurs ne le sait, comme si l'on subissait, sidérés, cette apparition. Je pense au moment du débarquement, quand tous ceux qui s'étaient parlés si spontanément, se sentaient proches les uns des autres, seront dispersés, envoyés ici ou là, dans des campements provisoires, dans des stades et des salles de classe, mis à notre disposition. Tous ces voyageurs qui, dans quelques heures, ne seront plus ensemble, mais éparpillés dans la ville, ou qui auront pris la route d'autres destinations, pris en charge pour les plus chanceux d'entre nous par des familles compatissantes…

Marseille approche. La côte, le littoral, les îles, les collines et Notre-Dame-de-la-Garde, et la ville qui s'étend et s'impose par sa grandeur et sa légende. Le bateau a ralenti sa marche, il avance lentement, des sirènes lancinantes font une plainte sinistre, presque funèbre. Les mains se crispent sur le bastingage, des yeux s'embuent de larmes. Les enfants même ont cessé leurs jeux sur le pont mais regardent l'entrée dans le port. Seules de vieilles personnes attendent, indifférentes, la consigne de quitter le bateau. Il règne sur le pont comme sur le quai tout proche une sorte d'étrange silence. Lourd et pesant. Chacun semble retenir son souffle. Le bruit des moteurs, des cheminées, prend toute sa force, s'impose dans le paysage, tout apparaît lent, presque immatériel. Le froissement des cordages entre eux rend un son feutré, pesant, comme un long râle. On ne voit pas encore d'hommes aller et venir, des déplacements de voitures peut-être, au loin, des masses fixes comme dans ce tableau du peintre Marquet, familier d'Alger, qui peignait le port et ses bateaux comme de grosses et plates péniches affalées ou de gros cafards au soleil. La fixité du paysage rejoint le silence. Étrange moment où l'on a l'impression d'entrer dans un autre monde, totalement étranger à nous. Je pense à ces photos d'exode prises pendant la guerre, à ces paquebots bondés où s'agglutinent les voyageurs et les rescapés, à tout ce malheur concentré en un seul lieu, tous ces hommes et toutes ces femmes, chacun avec son histoire personnelle, ses drames intérieurs, ses deuils et cet abandon logé au fond de lui, comme une plaie vive…

Ma mère croit aux résurrections et au renouveau de la vie. Fondamentalement optimiste, elle croit encore aux aubes et aux printemps, car, dit-elle, « il faut toujours renaître ». J'imprime ses mots en moi, « toujours renaître », je sais que l'Algérie injecte cette croyance-là, cet esprit de naissance. Je prends conscience que j'expérimente ce que Camus voulait dire en évoquant ce soleil irrémédiablement fiché en son cœur qui lui permettait, prétendait-il, de conserver, intactes, « une fraîcheur, une source de joie » afin de « retourner au combat avec cette lumière conquise »...

Certains, sur le bateau, disent qu'ils veulent rayer l'Algérie de leur vie : recommencer, repartir à zéro, c'est leur refrain, refaire leur vie, tout oublier et trouver un lieu d'ancrage. Ils se leurrent eux-mêmes et croient la chose facile. C'est compter sans le poids des enfances et des paysages. Il faudra bien tout recommencer, en effet, mais lourds de toute l'histoire passée.

Le bateau entre enfin dans le port. Des sirènes sourdes, au timbre grave, crèvent le silence qui règne sur le pont. Sur les quais, des gens regardent les manœuvres. Ils attendent de la famille rapatriée, certains sont là simplement pour voir, regarder l'inlassable manège des voyageurs. Des hommes lancent des cordages énormes qu'ils accrochent à des bornes de fonte. Le temps est très beau. Le soleil frappe déjà sur le môle. Cette rive ressemble un peu à celle d'Alger comme se ressemblent tous les ports, avec leur agitation frénétique et leur mélancolie, habitués au passage des êtres, aux mouvements du monde, à l'inlassable trafic des hommes, aux brassages inconnus, aux temps des vacances, aux guerres, aux déportations. Et en même temps, c'est quelque chose de quotidien qui se déroule devant nos yeux médusés. Le personnel maritime s'emploie à effectuer les gestes convenus, répétitifs, ceux qu'il fait dans les temps du bonheur comme dans ceux du malheur. Il s'agit d'accoster, de dérouler les passerelles, de passer des ordres à la capitainerie, de se préparer au grand ménage après le départ des voyageurs, d'être de nouveau prêt à une autre rotation.

Peu de voyageurs, disent les employés, feront le voyage en sens inverse, tant la situation politique est encore instable. Après, disent encore certains, ce sera le temps du tourisme. Des rapatriés n'y croient guère : combien d'années faudra-t-il pour que nos plages retrouvent leur gaieté et pour que le pays retrouve enfin la paix ? Je pense à nos bords de mer abandonnés, à ces rivages désertés, à la beauté de Tipasa somnolant sous le soleil en ce matin précis, pas un nageur dans l'eau, pas un promeneur marchant le long du rivage, comme si tout était rendu à l'immobile clarté des ruines, à leur silence de pierre, à l'état originel.

Pourquoi Tipasa était-il devenu ainsi comme la métaphore de tout ce que nous avions perdu ? Il y avait son site exceptionnel et la communion de sa nature, et la splendeur dorée de sa lumière, et encore cette douceur inimaginable qui s'imposait là, comme une bénédiction. Le paysage était si fort, si chargé de beauté qu'il forçait à la prière, murmurée selon les croyances de chacun. Car admirer, simplement regarder était une forme ici de prière, d'où s'élevait une manière de chant intérieur.

C'est peut-être cela qui déjà nous manque en arrivant à Marseille : la certitude que nulle part au monde il n'y aurait d'autre lieu plus abondant de foi, plus près des sources. Tous n'ont pas connu la grandeur de Tipasa mais tous ont eu part au miracle de Tipasa, tous ont eu ici ou là des fragments de Tipasa, c'est-à-dire cette douceur, cette clarté d'or, cette tiédeur. Chacun a connu « son » Tipasa, chacun l'a gardé secrètement au fond de lui quand, prêt à descendre la passerelle brinquebalante, il n'a en apparence plus aucune autre richesse, plus aucun bien.

Déjà, l'on entend des ordres, douaniers, accueil des associations, porteurs. On a hâte de descendre, d'en savoir davantage sur notre sort. Mon père reste muet, comme alourdi d'une infinie tristesse. Ma mère est fatiguée, je l'aide à soulever ses valises. J'en tiens une dans chaque main. Moi aussi j'ai quelque difficulté, je traîne un peu les pieds, traverser la passerelle est une épreuve, elle bouge, elle tangue, des cordages seuls la bordent. On est conduits dans un grand hall d'attente. Une foule s'y presse, confuse, inquiète. L'organisation est improvisée, presque inexistante. Des femmes âgées attendent, le visage perdu, que l'on s'occupe d'elles. On a l'impression qu'elles sont abandonnées à elles-mêmes. Désormais, c'est chacun pour soi. Je ne vois plus les compagnons de voyage avec lesquels j'avais parlé. Trop de visages se mêlent dans la cohue.

Soudain, j'entends une rumeur, des réprobations monter de la foule, des banderoles qui surgissent comme pour un meeting. Je ne sais pas ce qui se passe. Ma mère, trop petite pour se hisser au-dessus des épaules des voyageurs, me demande de me renseigner. Sur ces banderoles, rouge et noir, au sigle d'un syndicat communiste, sont écrits ces mots terribles : « Repartez d'où vous venez »...

On ne peut y croire, c'est la stupéfaction. Comment est-ce possible ? De qui, de quoi parle-t-on ? Puis tout se précise : des syndicalistes, des Messageries maritimes vraisemblablement, nous demandent de revenir en Algérie, nous refoulent. Les visages se crispent, les regards se figent. Comment échapper à cette injustice ? Comment en être lavés ?

L'idée de la mer revient comme un salut. Elle est pourtant celle qui nous a conduits jusqu'ici, qui nous apparaît soudain comme un piège qui se referme. La mer, nous la connaissions autrement. Par ses rivages tièdes et ses petites vagues qui venaient rouler doucement dans le sable. Par cette impression inouïe de communion qu'elle provoquait quand nous nous baignions. Par la vision de l'infini qu'elle offrait depuis tous les belvédères d'Alger comme d'immenses balcons qui donnaient sur elle, dans la senteur trop sucrée parfois, presque écœurante, des lauriers-roses et des jasmins. La mer était celle qui en effet lavait, sauvait, avait inconsciemment cette fonction rédemptrice, baptismale, comme elle était ressentie chez les Grecs.

Bien sûr, tous les pieds-noirs ne connaissaient rien de la mythologie antique, ils vivaient dans cette indifférence à la culture écrite, qu'ils avaient remplacée par une culture orale qui, finalement, disait la même chose.

Il y avait ainsi quelque chose d'Ulysse en nous, nous avions aussi le goût d'Ithaque et des cabotages le long des côtes, et l'idée de la mer nous donnait le sentiment d'être infiniment immortels. Toujours la même idée qu'Albert Camus répétait dans ses écrits et ses poèmes méditerranéens : être dans un pays où logeaient aussi les dieux...

Après nous, d'autres « rapatriés » descendent la passerelle, poussés par le flot humain qui les suit, ils tiennent leur valise avec force, de peur de la faire tomber à l'eau. On lit la fatigue sur leur visage, les traits sont tirés, où est le regard éclairé des jours heureux ? L'apprentissage de la France commence donc ainsi. Avec une seule valise en main et pas d'argent en poche, quand tous les Français croient que nous sommes des nantis. Quelques associations bienveillantes, catholiques et protestantes, nous accueillent après les formalités d'usage. Les douaniers ont quelque chose de narquois dans le regard. Pas un sourire, pas une attitude amicale. Ils nous demandent si nous avons des choses particulières à déclarer. Des pieds-noirs s'emportent, font les bravaches. Dans les queues interminables, j'entends des hommes qui tonnent : « On a des lingots d'or dans les poches et dans les valises, on a dévalisé la Banque de France avant de partir ! » Quelques-uns rient en les entendant. Des femmes leur conseillent de ne pas provoquer. Ils disent qu'ils n'en ont rien à faire, que l'on ne peut pas leur retirer la parole, « c'est tout ce qu'il nous reste... Alors on va pas se gêner... »

L'exil a cela de singulier qu'il infantilise ses victimes et les spolie de leur espérance. Le peuple pied-noir est conquérant et dynamique, il a, chevillé au cœur et au corps, l'esprit bâtisseur de ses ancêtres, et cette lumière en lui le fait généreux et insouciant souvent. Aux jours les plus durs de la guerre, il continuait d'aller danser au casino ou dans les dancings des bords de plage. Le FLN connaissait son allant et sa joie de vivre et cette façon qu'il avait d'effacer, ne serait-ce qu'un temps, les heures tragiques pour retrouver la gaieté des jours heureux. C'était ainsi qu'il avait imaginé l'odieux attentat de la Corniche, à Alger, un jour d'été.

Comme chaque samedi, l'orchestre de Lucky Starway anime la soirée dansante. Il fait beau, et le long de la corniche, c'est le trafic habituel des fins de semaine. Tous les Algérois se rendent sur les plages du littoral. La guerre n'est pas un obstacle à leur désir de mer et de soleil. Elle s'est installée depuis des années déjà et ils croient à leur victoire après le succès de la bataille d'Alger. Comment la France pourrait-elle les lâcher, eux qui sont de si fidèles citoyens ? Ils ne mesurent pas encore très bien la détermination des Arabes et surtout leurs contacts internationaux qui vont les rendre tout-puissants. Ils croient à des révoltes sporadiques, à une organisation bricolée de l'intérieur quand il s'agit en fait d'une révolution fomentée par le monde entier, les Américains, les Soviétiques, le monde arabe, l'Internationale communiste, l'Internationale socialiste, les intellectuels et même la droite française qui n'a pas envie de sauver l'Algérie en envoyant sa jeunesse… Les pieds-noirs ne peuvent pas imaginer que la France veuille garder l'Algérie, ils ne savent pas encore qu'elle est prête à les lâcher. Alors ils font confiance à l'armée et à la police pour freiner les progrès de l'insurrection. Ils disent d'ailleurs « insurrection » et jamais « révolution ». Cette erreur de jugement leur sera fatale…

Malgré la répression et les revers, Yacef Saadi, le stratège du FLN, cependant n'a pas dit son dernier mot. L'organisation n'est pas totalement décapitée, il imagine une série d'attentats meurtriers et spectaculaires pour défier le général Massu et le pouvoir. « Ils ne perdent rien pour attendre », dit-il. Yacef Saadi veut donc quelques opérations brutales et immédiates pour choquer les esprits. Il engage des tueurs, des hommes à gage, de prétendus révolutionnaires arrachés aux bas-fonds de la Casbah, enrôle de jeunes militantes de la cause, exaltées et passionnées, qui poseront elles-mêmes les bombes. Le premier attentat après la bataille d'Alger doit toucher essentiellement la population civile. Qu'importe qu'il y ait dans les victimes des Arabes. Il s'agit de terroriser et de bien définir les camps.

Il y a donc d'abord les attentats du 10 février 1957. Deux opérations simultanées, l'une conduite par un jeune de 17 ans, Djouher Akhror, qui va poser une bombe dans les toilettes de la buvette du stade municipal, et l'autre par Baya Hocine, 16 ans, qui, avec des amies de lycée, va déposer la sienne au stade d'El-Biar. Il fait beau, c'est dimanche, tous les jeunes amateurs de foot sont là. Les jeunes terroristes posent leurs bombes et s'en vont. Ils apprennent le bilan de leur forfait chez eux, en écoutant la radio : 10 morts, 45 blessés.

Un temps, quelques semaines, Alger resta suspendue dans une sorte de silence rempli de crainte. Mais les Français, ne constatant pas de représailles, croient que l'insurrection est cette fois enfin vaincue. Le printemps arrive et avec lui les premiers bains de mer, les premiers pique-niques dans les pinèdes, les premières promenades dans les stations balnéaires. Il y a aussi l'éclosion fulgurante des arbres fruitiers et des amandiers, qui fait ce tulle blanc sur toutes les hauteurs de la ville, cet embrasement immaculé et odorant qui enivrait. On oublia les attentats de février ou plutôt on les mit de côté, la lumière et la perspective de l'été conjurant notre malheur, on veut croire à la paix retrouvée.

Mais Yacef Saadi fourbit ses armes dans son repaire de la Casbah. Cette fois-ci, il a imaginé de déguiser des terroristes en braves employés de l'EGA, la compagnie d'électricité et de gaz de l'Algérie. Un commando habillé en agents de la compagnie, aux yeux de tous, fait mine de réparer des lampadaires. Ils glissent à l'intérieur des pieds de fonte les bombes, réglées pour éclater entre 18 h 25 et 18 h 30. Trois bombes réglées de la même manière et toujours déposées dans les mêmes cachettes. La deuxième, au carrefour de l'Agha, est cachée dans le lampadaire tout près d'un arrêt de trolleybus, très fréquenté à cette heure… Nouveau bilan : 8 morts, 93 blessés. Parmi les victimes, des écoliers, des femmes et de vieilles personnes. Le « feu d'artifice » promis par la bande de Saadi est parfaitement réussi. Les rues sont jonchées de blessés et de cadavres. Une panique générale s'empare de la foule sortant des bureaux et des magasins. C'est le 3 juin 1957.

Mais il faut accentuer encore la pression, intensifier la guerre terroriste, installer partout la terreur. Les pieds-noirs croient toujours à l'armée française, à la police, au pouvoir politique. Ils ne peuvent pas s'imaginer lâchés, abandonnés, livrés à la brutalité des fellaghas. Eux au contraire ont très vite compris la nature des rapports de force. Ils ont compris depuis longtemps déjà que la partie est perdue pour la France, que le monde entier appuie leur lutte révolutionnaire et que la « morale », disent-ils, est dans leur camp. Ils connaissent aussi la lâcheté des Français, leur perte de civisme depuis la dernière guerre mondiale, leur abandon des valeurs patriotiques. Peuple « femelle », dira Albert Camus… De toute façon, c'est au prix de la terreur que tout doit se jouer. Tant pis pour les enfants, les innocents, et même leurs propres frères de sang que le hasard aura retenus au mauvais moment, au mauvais endroit : ce serait à mettre au compte des bavures inévitables… Cette fois-ci, Yacef Saadi, qui veut se venger de Massu, et qui met un point d'honneur à le provoquer, a donc décidé un grand coup. Poser une bombe dans un des lieux les plus heureux de la vie estivale : le Casino de la corniche. Situé sur un piton rocheux qui domine la mer, sur une pointe en forme d'éperon, se trouve l'établissement qui fait dancing, thé dansant tous les samedis et dimanches après-midi, et qui, le soir, ouvre une salle de jeu. Ce n'est pas un lieu mondain et huppé. Toute la petite bourgeoisie et même quelques ouvriers y viennent se détendre d'une semaine de travail. Les hommes y font les coqs et, les cheveux tout gominés, vêtus d'un costume de lin blanc, viennent y danser des tangos langoureux. L'ambiance est bon enfant, presque familiale, car les parents chaperonnent toujours leurs filles et les regardent danser sur la piste centrale en prenant une boisson fraîche…

Les fenêtres du casino sont toujours ouvertes et donnent sur l'infini de la mer. Souvent, quand elle est un peu forte, les vagues viennent se fracasser contre les rochers en contrebas, c'est un bruit très violent qui pénètre dans la salle de danse et accompagne l'orchestre. Au Casino de la corniche, l'orchestre joue tous les grands standards européens de la musique d'ambiance : des slows langoureux, des paso-doble effrénés, des mambos… Personne n'a imaginé la détermination révolutionnaire de ceux qui sont encore appelés des fellaghas avant de devenir des ministres. Mais Yacef Saadi dirige un autre orchestre, autrement cruel… La wilaya 4 est en effervescence. Il faut frapper un grand coup cette fois-ci, briser la joie de vivre des pieds-noirs, les enfermer dans la terreur, leur instiller l'esprit de vengeance pour que l'engrenage fonctionne et que le fossé entre les communautés s'accroisse. Le FLN imagine donc le pire scénario. Une bombe explosera au milieu des danseurs, elle sera posée sous la piste de danse, elle pourra ainsi faucher toutes les jambes, tuer et blesser plus facilement, et tout ça dans les rythmes à la mode.

La petite station balnéaire de Saint-Eugène est familiale et accueille sur sa place des corsos fleuris et des bals populaires. Les Arabes n'y participent presque jamais, ils ne se sentent pas concernés par ces festivités, pourtant personne ne les en empêche. Seuls les enfants des rues, désœuvrés, regardent, émerveillés et surpris, les chars piqués de citrons et d'oranges, de toutes sortes de fleurs et les Miss d'un jour qui paradent sur leurs trônes de bois recouverts de papier doré. Donc ce jour-là de juin 1957, le 3 juin. Le FLN a soudoyé un employé du casino pour qu'il dépose la bombe. Personne n'a remarqué le « petit Arabe » de 15 ans, au demeurant fréquemment employé pour de menus services au casino et qui vient de réclamer la clé de la grande salle de danse, prétextant une petite réparation. Yacef Saadi lui a remis ce matin-là très tôt, un paquet contenant l'explosif. C'est son artisan ès bombes, Taleb Abderrahmane, un chimiste qui vit dans la Casbah, qui l'a préparé.

Le jeune Arabe est donc entré dans la salle de danse. Elle est décorée à la façon des années cinquante, avec encore des traces de motifs Arts déco, des fauteuils sur les côtés avec de petites tables basses, les pieds en forme de tulipe. Il installe la bombe sous l'estrade. Le paquet a commencé son infernal tempo. La cadence de l'horloge scande les minutes. L'employé rend les clés à 13 h 30. Il quitte le casino en se forçant à marcher normalement. Pourtant ses jambes flageolent, car il a beau se prendre pour un vrai révolutionnaire, il sait qu'il est en train de commettre un acte terrible. Il a demandé à Yacef Saadi de le prendre en charge dès sa sortie pour partir aussitôt dans le maquis. Une voiture en effet l'attend et l'emmène. Maintenant c'est comme dans les tragédies grecques : cela n'a plus qu'« à se dérouler tout seul »...

À presque 7 heures du soir, la bombe explose, déchiquetant les corps enlacés, les amputant de leurs membres, Lucien Serror, alias Lucky Starway, le chanteur de Bab-el-Oued, celui qui a monté cet orchestre et qui a voulu lui donner un nom américain, pour faire plus moderne, est tué sur le coup. Son grand corps est particulièrement touché par les projectiles, qui ont même troué par endroits les hauts plafonds. Huit morts, plus de quatre-vingts blessés. La ronde infernale des ambulances commence sur le boulevard du front de mer, déjà embouteillé par le retour des plages. Peu à peu, les Algérois découvrent l'ampleur de l'attentat. Ils se rendent compte qu'ils sont en guerre, ils ne veulent pas y croire et pourtant...

Sur tout le littoral, c'est une onde de choc. La déflagration a été entendue à plusieurs kilomètres à la ronde. Aux Bains-Romains, une station balnéaire voisine, le général Massu, qui se détend dans sa villa en famille, a entendu lui aussi l'explosion. Un de ses officiers l'en avertit, il se précipite dans sa voiture et démarre en trombe jusqu'au lieu du drame. La lumière de l'été est celle de juin. Elle est limpide quoique encore un peu pâle, elle dore les cabanons qui longent le littoral et fait miroiter la mer qui devient argentée, presque blanche. On sait tous, ce soir-là, que rien ne sera plus jamais comme avant.

La colère, la haine, la vengeance montent à la gorge. C'est ce que veut le FLN.

Ce qu'il y a d'étonnant à observer, c'est l'impassible bonheur offert aux Algérois. Il est là, à portée de main, il est donné, et pourtant il devient inaccessible peu à peu, comme quelque chose qui se dérobe à soi. Les cabanons qui ourlent la côte sont faits de bric et de broc. Certains même, à Saint-Eugène, sont creusés dans le rocher. Petites maisons troglodytiques qui donnent sur la mer. Au petit matin, c'est un monde originel qui apparaît, intouché. Toute la splendeur de la Méditerranée réside dans cet éclat doré qui rend souveraines toutes choses. De petites bicoques construites en bois, sur pilotis, sont de véritables belvédères sur la mer. On y vit peu à l'intérieur, presque toujours sur la terrasse aménagée, où l'on déjeune jusque très tard dans l'après-midi. On descend les quelques marches du cabanon et l'on va piquer une tête dans la mer d'huile et chaude. Le soir, quand les quelques baigneurs sont partis, la plage est à soi. Rien ne peut enlever cette impression de royauté. Une impression d'infinie sécurité nous envahit : nul ne peut nous faire du mal, ici pas de marées, de rares tempêtes mais le sentiment de l'éternité. La mer vient lécher les cailloux au même endroit chaque jour, il n'y a pas de vague intempestive comme sur les plages de l'Océan, mais un paysage apaisé qui rassure.

La bombe du casino détruit cette certitude. Même les plages sont donc atteintes par la guerre ! Il faut désormais avancer dans cette inquiétude-là. Ma mère se perd en conjectures, en prédictions. Elle voudrait tout prévoir, tout organiser pour que jamais nous ne soyons pris dans une manifestation, une rafle ou dans une quelconque violence. « Se terrer alors ? On n'est pas des chiens ! » dit mon père, très en colère !

Cette année-là 1957, j'ai 10 ans tout juste. Petit garçon de Bab-el-Oued en culottes courtes, confectionnées par une voisine qui est culottière et qui taille aussi des costumes pour hommes. J'ai une chemise en flanelle à carreaux et les cheveux en brosse. Je suis au lycée Bugeaud, déjà en cinquième. J'ai l'insouciance de cet âge, mais l'œil très perçant, et aussi une sensibilité d'insecte qui me fait tout voir, très vite, tout comprendre. Je sais que la guerre menace, qu'elle est entrée dans la ville, que ça ne se passe pas seulement dans le bled, d'où l'on rapporte chaque jour des événements tragiques, des massacres, des meurtres barbares, des histoires de gorges tranchées, de crânes vidées de leurs substances cérébrales, jonchant des terrains vagues ou des fossés.

Personne dans le quartier ne s'est caché la face, tous savent ce qui se passe. Avec les séries de bombes, depuis février, on sait que chaque Arabe que l'on croise est peut-être un porteur de bombes, que la femme qui marche tranquillement dans la rue porte sous son voile blanc un engin explosif. Les femmes sont encore plus dangereuses, car les militaires qui patrouillent dans les rues n'ont pas le droit de les fouiller et de leur demander d'ôter leur voile. Du coup, elles sont devenues plus suspectes que les hommes. Les Françaises ne veulent plus les employer comme femmes de ménage, elles craignent le pire, des indications qu'elles donneraient à des terroristes, des emplois du temps, des plans de maisons. Elles craignent aussi pour leurs enfants, au cas où elles les empoisonneraient ou les kidnapperaient…

Une véritable paranoïa s'empare des Français. Le but est enfin atteint : nous sommes dans le quartier le plus populaire d'Alger, à Bab-el-Oued, nous sommes tous mélangés et désormais nous sommes des ennemis. Chacun se toise en se croisant. La terreur s'est installée. Des récits atroces circulent. Un jour, au lycée, un camarade de classe a apporté des photos qu'il a trouvées chez lui. Des enfants torturés, des bébés massacrés, coupés en morceaux… Et toujours ces gorges tranchées…

Dans l'arrière-pays, dans « l'intérieur », comme on dit, les Français et les musulmans qui ne se sont pas encore ralliés au FLN sont pourchassés et tués avec barbarie. Quatre-vingt-dix-huit enfants sont ainsi assassinés entre 1954 et 1957. Les récits qui remontent jusque dans les villes sont terrifiants, il n'est question que de corps mutilés, tranchés, débités comme des pièces de boucherie, et séchant sur les routes en plein soleil, de jeunes filles violées puis égorgées, de vieilles personnes massacrées avec leurs petits-enfants.

Les témoignages s'égrènent avec une rigueur implacable ! Des mechtas ont été attaquées, en 1956, dans la région de Condé-Smendou, femmes et enfants sont massacrés ; à Maison-Carrée, dans la proche banlieue d'Alger, un enfant de 8 ans est poignardé par un fellagha ; le 10 novembre 1956, un jeune homme est assassiné à coups de pioche le 24 janvier 1957, il s'appelle Georges Pommier ; un petit Arabe le 13 juin 1957, Saïd Kechout, est tué, il a 12 ans, à Aïnbeda ; trois écoliers français sont attirés dans un guet-apens par leurs camarades de classe musulmans, Paul Morio, Jean-Romain Almeras, Gilbert Bousquet sont kidnappés, séquestrés, battus à mort et égorgés au douar Oulma. Leurs corps sont découverts dans un puits le 23 juin 1956. À Relizane, le 4 janvier 1957, trois femmes et un enfant sont massacrés, dans le train Oran-Relizane. Deux autres femmes sont portées disparues. Elles ne seront jamais retrouvées, sûrement violées, dépecées, jetées aux chiens et aux chacals ou au fond d'un puits…

Et ainsi de suite… L'atroce litanie continue. Chaque jour amène son lot de meurtres et d'actes barbares. Les serpes, les poignards, les machettes ont toujours la préférence. Parmi les sévices les plus pratiqués, les mutilations sexuelles, les dépeçages, les décapitations, les décérébrations, le « sourire kabyle », les étranglements au fil de fer barbelé arrivent en tête du palmarès de la cruauté.

On sait tout cela dans les villes : la terreur s'installe mais le peuple pied-noir se laisse prendre aux jeux de la lumière, aux joies de la mer et de la plage, il aime flâner dans les rues commerçantes, le soir, à la tombée de la nuit, consommer des boissons fraîches, manger des pâtisseries orientales, déguster des glaces au citron vert. Il ne peut pas se résoudre à vivre enfermé dans les maisons, il a besoin de goûter l'air frais du matin quand celui-ci n'est pas encore saturé de chaleur et de la foule, mais qu'il est gorgé de la mer, presque salé lorsqu'il le boit littéralement à pleines gorgées. Le long martyrologe des victimes, surprises dans leurs activités quotidiennes par des bandes de fellaghas qui se prennent pour des héros d'une révolution juste et qui se conduisent en fait comme des égorgeurs, comme le diront tout aussi bien la résistante Germaine Tillon qu'Albert Camus, est ainsi opposé aux plaisirs naturels que l'Algérie donne à ceux qui l'habitent.

Plus on avance dans le temps, plus la guerre s'enfonce dans l'horreur, plus le pays imprime ses couleurs, à la fois funestes et solaires, funèbres et étincelantes. Dans la Casbah, se fomentent les complots et les attentats, c'est à qui trouvera la meilleure idée, la plus cruelle, la plus spectaculaire, la plus horrible. Terroriser Alger, c'est le mot d'ordre de Yacef Saadi. À ce compte, la France doit réagir. Elle aussi entre alors dans la danse. Elle ne fait pas de quartier aux dénonciateurs, aux maquisards capturés. On parle de la fameuse « corvée de bois », cruelle et perverse : on feint de libérer un homme pour qu'il aille ramasser du bois, il part sur le chemin, il ne demande pas son reste, il s'enfuit à toutes jambes, sans se retourner, et on lui tire dans le dos…

Des récits vengeurs courent dans toute la ville. Ma mère dit que l'on est en pleine barbarie. Que rien n'a changé depuis les récits affreux des Vandales ou des Romains. On vit dans ces contrastes, dans ces turbulences. La cruauté ne nous fait même plus peur. On s'habitue à tout entendre. À ne même plus frémir. C'est comme dans une partie de ping-pong. Chacun attend le tour de l'autre pour lancer la balle. Horrible métronome !

Quand tous les jeudis, ma mère part avec moi déjeuner chez ma grand-mère, rue Michelet, on prend le trolleybus qui mène de Bab-el-Oued aux hauteurs d'Alger. C'est toute la ville qui défile alors sous nos yeux ; le trolley, avec ses longues perches, se déplie comme un ruban, il suit un itinéraire immuable, l'avenue de la Marne, le lycée Bugeaud et la caserne Pélissier, les arcades de la rue Bab-Azoun, la place du Gouvernement, puis le square Bresson, la rue d'Isly, la Grande Poste, le tunnel des Facultés, la rue Michelet, la grande rue élégante d'Alger avec ses enseignes parisiennes, ses brasseries à la mode, ses commerces chic, ses confiseurs et ses chocolatiers, ses tailleurs, ses modistes, ses fleuristes… Quand on arrive sur la place du Gouvernement, on regarde à main droite, dans le sens de la marche, le triangle blanc de la Casbah, ses petites maisons plates qui dégringolent jusque sur la grande place inondée de lumière et de soleil. Rien pour s'abriter, que cette esplanade vibrante de clarté, avec au loin, l'étendue bleue de la mer. On sait que dans cette Casbah, dans des caches, dans les caves où l'on ne peut accéder que par des tunnels labyrinthiques, se prépare notre propre mise à mort. On le sait et on feint de ne rien savoir. On ne voit que la blancheur étincelante de la ville arabe, ses maisons cubiques aux terrasses plates où flotte et sèche le linge comme un étendard, bravache et provocateur.

On croit encore que l'armée va remettre bon ordre. Comment d'ailleurs, se dit-on, une armée souterraine avec des moyens artisanaux pourrait-elle défier une armée d'élite et de soldats aguerris ? Mais, au fond d'eux-mêmes, les pieds-noirs connaissent l'ingéniosité orientale, sa capacité à détourner et à passer les obstacles. Le « système D », comme disent les Arabes avec humour... Les Soviétiques, s'ils fournissent des armes passées en contrebande, apportent aussi leurs conseils logistiques. Ils connaissent parfaitement la guérilla urbaine et la maîtrisent. Les Français ignorent encore ce type de conflit. Ils en sont encore à croire aux champs de bataille où s'affrontent deux forces uniment armées, ils croient aux lois de la guerre, à ses valeurs... Mais là, ce n'est plus Verdun ni même Diên Biên Phu, c'est encore autre chose : c'est la femme de ménage qui empoisonne ses maîtres et qui, hier encore, faisait partie de la famille, c'est une bande armée généralement droguée au préalable qui s'infiltre dans un appartement et égorge les habitants, c'est un chimiste amateur qui fabrique de petites bombes qu'il donne ensuite à de jolies jeunes filles pour qu'elles les posent dans les brasseries les plus fréquentées du centre-ville. C'est l'ouvrier arabe qui connaît tous les usages de son employeur et fournit les renseignements, ce sont de jeunes collégiens enrôlés et qui se prennent pour des Gavroches des temps modernes.

Ma mère croit soutenir un siège. Elle fait des provisions en grande quantité de pâtes, d'huile, de féculents, de sucre, de café, de conserves, elle prend même plaisir à ranger les bouteilles, les sacs, les boîtes dans les buffets, en les alignant bien comme dans les rayons d'épicerie… Mais accumuler ainsi n'est rien d'autre que se préserver de la mort, la conjurer, se donner les moyens de la repousser le plus loin possible. Elle dit son refrain habituel : « Tant que le jour te portera »… sous-entendu, « tu seras sauvé ». Alors, le jour lumineux, chaque matin retrouvé, nous maintient en vie, nous donne la force d'espérer. On y croit vraiment, comme si la terre natale insufflait des énergies souterraines en nous, des flux de vie qui nous rendent l'émerveillement.

On ne se fait aucune illusion sur les forces ennemies. Il y a les Arabes bien sûr à qui, d'une certaine manière, on en veut moins, parce que leurs revendications peuvent être concevables, mais il y a surtout les Français qui sont contre nous, qui voudraient bien brader toutes leurs colonies au plus vite, certains au nom du droit légitime des peuples à disposer d'eux-mêmes, d'autres par lâcheté et par paresse, parce qu'ils n'ont pas envie de conflits, bien à l'aise, bien au chaud, dans leurs jolies petites provinces, d'autres encore par pure idéologie et par haine de leur propre pays… Et puis il y a les forces internationales, qui croient au rebattage des cartes depuis Yalta, et qui jouent notre sort comme on joue aux échecs.

Mais de tous, ceux que nous détestons le plus, ce sont ceux qui, en France, luttent contre nous, nous jettent entre les mains des fellaghas, ceux qui n'ont aucune pitié pour leurs frères français et ont fait cause commune avec les révolutionnaires. Les forces dites « de progrès », internationalistes, sont à l'œuvre, elles contribuent à la libération des peuples, c'est leur mot d'ordre, n'ont aucune compassion pour nous, et nous livrent aux tueurs et aux égorgeurs. Les fameux « porteurs de valises » sont opérationnels depuis la métropole. Ils sont fiers de leur rôle, s'attribuent des statuts de combattants clandestins, de soldats de l'ombre, s'érigent en défenseurs de la liberté, s'en autoproclament les gardiens ! Je dis à mes parents qu'ils sont plutôt des coupeurs de têtes, les dignes héritiers des révolutionnaires de 1793 qui envoyaient femmes et enfants, vieillards et religieux à l'échafaud sous les cris de haine d'un peuple que l'on voulait faire croire enfin « éclairé » et qui n'était qu'abusé...

Il y en a aussi, de cette espèce-là, dans le peuple pied-noir. Nous aussi nous avons nos traîtres : des communistes et des chrétiens qui faisaient le jeu des Arabes, délivraient des renseignements, jouaient contre nous, désignés avant même la fin de la guerre comme des « justes » ! Ils n'avaient aucun regard pour les victimes des attentats, tous aveuglés par leurs idéologies. Pudiquement, ils se faisaient appeler « porteurs de valises » mais ne disaient pas ce qu'il y avait dans leurs valises. Sûrement pas ce que contenaient celles de mes compagnons d'infortune, remplies de vêtements et d'objets de première nécessité. Mais plutôt des bombes, des pains de plastic, des systèmes d'horlogerie, des plans de bâtiments administratifs subtilisés sur leurs propres lieux de travail...

Dans cette guerre sale, tout se mêlait, les bons et les mauvais, les traîtres et les lâches, des fanatiques enragés et des idéalistes béats, des voyous, des tueurs, des mafieux, des proxénètes, des instituteurs et des syndicalistes, et même des religieux qui, au nom de l'Évangile, disaient-ils, se justifiaient ainsi d'être passés à l'ennemi. « Le Christ aurait été du côté des combattants algériens », prêchaient-ils. Jésus serait-il donc devenu un maquisard égorgeur ? Aurait-il vraiment cautionné les pires attentats ? Aurait-il aidé à empailler les ventres vidés de leurs organes puis laissés sur la route aux chacals ? Pas un seul de ces prêtres ou de ces moines n'avait un mot de compassion pour les victimes européennes débitées à la machette, pas une prière n'était murmurée en mémoire de leur agonie. Il se trouvait même que l'archevêque d'Alger, Mgr Duval, surnommé « Mohammed Duval » par les pieds-noirs, encourageait la rébellion, prêt à donner sa cathédrale aux insurgés.

Dans ce chaos d'actes et d'idées contradictoires, le petit peuple français ne savait plus qui croire. Mais il gardait étrangement, naïvement, intacte, l'idée de la France. Il continuait à croire à sa présence sur cette terre algérienne dont aucun peuple arabe ne pouvait historiquement se prévaloir, compte tenu de son passé. Albert Camus avait bien compris cela et, malgré ses sympathies dans les milieux progressistes, n'avait pas mâché ses mots dès l'année 1958. C'est pourquoi il était, lui aussi, devenu l'ennemi des Arabes, la moindre de ses paroles publiques était chahutée, au point qu'il finit par se murer dans son silence et dans sa douleur. Dans son manifeste de 1958, Camus parle sans ambiguïté ni langue de bois : « Actuellement, les Arabes ne forment pas à eux seuls toute l'Algérie. L'importance et l'ancienneté du peuplement français, en particulier, suffisent à créer un problème qui ne peut se comparer à rien dans l'histoire [...]. Les Arabes peuvent du moins se réclamer de leur appartenance non à une nation, mais à une sorte d'empire musulman, spirituel ou temporel. Spirituellement, cet empire existe, son ciment et sa doctrine étant l'Islam. Mais il existe aussi un empire chrétien, au moins aussi important, qu'il n'est pas question de faire rentrer comme tel dans l'histoire temporelle, l'empire arabe n'existe pas historiquement, sinon dans les écrits du colonel Nasser. » On lui savait gré de son engagement sans équivoque et quand il parlait d'Alger, de son enfance dans le quartier de Belcourt, de ses promenades à Tipasa, nous nous reconnaissions tous dans ses récits et ses confidences. De même quand il dénonçait la misère algérienne, on savait bien qu'il avait raison, et il y avait plus d'un pied-noir qui était d'accord pour que les Arabes puissent vivre décemment.

Si, dans les villes, cette misère n'était pas spectaculaire, elle l'était vraiment dans les douars les plus reculés où l'alphabétisation, la scolarisation, l'accès aux soins, et même les voies d'accès étaient quasiment inexistantes. Mais les efforts de la France étaient considérables, son défi était de vouloir amener l'eau partout, aussi les forages de puits artésiens, la création de barrages étaient-ils entrepris de toutes parts. Partout on entendait les loups hurler entre eux. Les Français, progressistes, de France comme d'Algérie, étaient plus véhéments que les Arabes eux-mêmes. Le FLN devait se réjouir d'avoir des complices qui jouaient aux « idiots utiles », comme disait Lénine, pour leur cause. Les Arabes les méprisaient tout autant sinon plus, car un Français restait un Français, dans le fond. Mais les porteurs de valises en rajoutaient dans leur zèle. Il n'y avait pas plus traîtres qu'eux à leur pays, à leur histoire, à leurs pères. Mais pour se défausser, ils disaient qu'ils étaient « universalistes », « humanistes », internationalistes ! Cela leur donnait une nouvelle identité qui les empêchait de se sentir coupables.

Adolescent déjà, je m'interrogeais sur cette passion dénonciatrice qui les agitait. Sur la qualité de cet humanisme justement, qui m'apparaissait finalement comme un aveuglement fanatique. Car tout n'était pas noir ou blanc. Ils me paraissaient sans nuances, et surtout d'une injustice et d'un manque de compassion total à l'égard des leurs, leur pensée me semblait complètement déspiritualisée. C'est pourquoi l'Algérie m'était toujours apparue comme un lieu indéchiffrable, indéfinissable et terriblement inconnu. Ceux que l'on appelait les Arabes me ressemblaient et l'on nous avait forcés à en faire nos ennemis ; il y avait entre eux et nous une même parenté de goût, de sensations, une même compréhension de cette terre, et pourtant nous nous étions totalement étrangers. Par quel mystère ? Par quels obscurs secrets ?

D'étranges circonstances ont présidé à cette traversée au point que je me demande, comme tant d'autres sur le paquebot, si un jour je pourrai jamais remonter sur un bateau, tant la mer qui nous avait été si clémente est devenue effrayante dans son immensité sans nom. Pourquoi ai-je pensé, cette nuit-là du voyage, à cette procession du vendredi saint 1962, à Notre-Dame d'Afrique ? L'esplanade tout autour possédait le plus beau point de vue sur Alger et la mer qui la bordait. Il y avait quelque chose de global, d'infini, tout s'y résumait, le cimetière marin en contrebas, les villas accrochées au flanc des collines, le littoral, le ciel immense et la mer à perte de vue.

Les prêtres faisaient le tour de la basilique en chantant *Libera me*, et le psaume avait des intonations si graves et si lourdes, en cette soirée du Golgotha, que la lumière nous apparaissait soudain plus crépusculaire et plus ténébreuse. Ma mère disait que c'était le chant funèbre non seulement de la nuit du Calvaire mais que c'était aussi notre propre défaite qui se disait dans ces strophes et que les prêtres allaient chercher au plus profond d'eux-mêmes. Je suis sur le pont du *Ville d'Alger* et le chant du *Libera me* revient en moi, comme une voix bâillonnée qui ne peut émettre aucun son et que cependant j'entends, profonde comme une vague.

L'Algérie s'en va de nous, on ne garde déjà plus que des moments d'elle, des fragments d'histoires, des traces plus ou moins effacées. Elle devient une fiction, même le réel n'a plus de prise. Tout ce que nous avons vécu nous apparaît, une fois partis, presque imaginaire. C'était une guerre et c'était encore autre chose qu'une guerre. Un étrange chaos plutôt avec des ennemis visibles et invisibles, dans un décor saturé de lumière. Un point de lumière qui, malgré toutes les blessures qu'il dut subir, continuait à scintiller. C'était un repère, une étoile fixe, et puis soudain l'errance, le bateau qui file sous d'autres étoiles, et des terres inconnues, dotées d'autres mœurs, d'autres affinités.

Beaucoup sur le bateau disent qu'ils resteraient dans le Sud, à cause de la lumière justement. Mes parents continuaient à penser tout le contraire. Marseille, la Provence, l'Espagne, les Baléares, Malte et l'Amérique latine ne sont pas l'Algérie. Jamais, pensaient-ils, elle ne serait retrouvable. Alors ils crurent qu'il fallait peut-être remplacer cette saturation de lumière et de soleil par d'autres saturations plus françaises. Aux paysages secs que nous aimions tant, gorgés d'or, on opposerait des paysages verts, saturés d'humidité et d'herbe tendre.

On irait sur d'autres terres gonflées de verdure pour réapprendre à vivre. Ils ont déjà leur petite idée : ce serait le Béarn profond. Le Béarn inconnu et repu de vert, de toutes sortes de verts.

D'autres redoutaient les destinations lointaines, les Ardennes ou l'Alsace. Auraient-ils la force physique et psychologique de tout recommencer dans le froid dont ils ignoraient tout ? Seuls ceux venus de Kabylie pouvaient se sentir familiers des rigueurs des hivers, des vents glacés qui pincent les mains et les visages, et même de la neige. Ils retourneraient donc au pays de leurs ancêtres, ils reviendraient comme eux étaient partis, avec rien, quelques sacs contenant des objets utilitaires et quelques vêtements, et quelques sacs de graines dont ils auraient besoin après avoir défriché les terres hostiles.

C'étaient des sujets de veillée, quand nous étions confinés au fond des maisons, à l'abri des balles perdues. Que faire d'autre que commenter la sale guerre et l'histoire lointaine mais toujours vive des pionniers venus non pas pour faire fortune, mais pour vivre mieux, sur une terre hostile et dont ils ignoraient tous les pièges et dont ils étaient certains cependant qu'ils la transformeraient en petit paradis sur terre, comme l'avaient fait autrefois les Romains ?

Il ne s'agissait d'ailleurs que de se rendre à Tipasa ou à Timgad pour imaginer l'art de vivre qui y eut cours. Bien des siècles après, c'étaient toujours le même enchantement, la même grâce qui y régnaient comme si le temps qui corrompait tout, les civilisations comme les êtres, avait eu soin néanmoins de laisser quelques traces de ce qui fut si doux et si beau. Il suffisait d'entrer dans l'allée principale de Tipasa pour s'en convaincre, et d'imaginer ces villas, au sol tapissé de mosaïques, et de toutes parts, le spectacle immense de la mer et de la terre. Des « noces », disait Albert Camus, qui revenait à Tipasa comme on revient à son enfance, à la manière d'un Orphée moderne. Nos ancêtres avaient quitté la misère de leur pays natal pour rejoindre une utopie, une idée du paradis. Ils y avaient cru et les premières générations sacrifiées, il y avait eu en effet un moment d'éternité dont ils avaient joui comme la promesse enfin réalisée de leurs parents.

Mais la menace avait toujours été latente. L'Algérie n'était pas docile. Les fiertés nationalistes, légitimes ou non, un islam conquérant et vengeur avaient de tout temps secoué le pays, il y avait des activistes qui croyaient à la révolution, et qui parcouraient le pays, le travaillaient en sous-main pour l'embraser. Mais cela ne se voyait pas encore à l'œil nu. Il s'agissait d'abord de ne pas se faire remarquer : tout juste signaler sa présence par quelque acte isolé, que les Français interprétaient dans leur naïveté comme de vulgaires faits divers, des actes de délinquance plutôt que des gestes politiques. La vie avait continué ainsi, sans se préoccuper outre mesure des incidents. Mais beaucoup déjà pensaient autrement.

Les nuits de Pâques ou de Noël étaient toujours ainsi vécues dans une certaine angoisse. Les Arabes avaient beau apparaître neutres politiquement, ils étaient quand même perçus différemment. Dans ce pays, personne ne pouvait dire justement qui était l'étranger. Celui à chasser, à éliminer. Le Français colonisateur ou bien l'Arabe indigène ? Qui des deux était l'indigène ? Ces nuits-là de fêtes religieuses chrétiennes, des incendies étaient allumés dans les fermes, des rangées de vignes étaient arrachées, des animaux familiers étaient empoisonnés, dépecés et déposés sur le seuil des maisons comme des actes rituels, prémonitoires de ce qui pouvait attendre les colons. On mettait ça sur le compte de quelques fanatiques ou bien de voyous. Mais beaucoup pensaient que les Français étaient sous le contrôle des Arabes, même avant la guerre.

Le fameux graffiti peinturluré sur les murs des villes « OAS VEILLE », agrémenté d'un œil peint, cerné de gros traits noirs, nous paraissait certes menaçant, mais on aurait pu depuis longtemps écrire « LES ARABES VOUS SURVEILLENT ». On se sentait en fait constamment sous ce regard. On y répondait par l'ignorance, l'arrogance, le défi, la violence, ou bien, mais plus rarement, par la culpabilité. L'« œil arabe » était lourd de toutes les injustices estimées, de toutes les humiliations subies. Il finissait par faire peur, on se disait : jusqu'à quand cela va durer ? Nous étions superstitieux, et quand nous croisions le regard jugé trop sombre d'un Arabe, on faisait discrètement, « cinq de la main », comme on disait, dans sa direction, pour conjurer le prétendu sort. C'est peut-être pour cette raison que lorsque les événements surgirent, dans leur violence et leur brutalité, ils ne nous surprirent pas vraiment.

La guerre éclatée officiellement, elle n'empêcha pas cependant notre désir de vivre et de poursuivre l'aventure. C'était là sûrement notre erreur de jugement : voir et ne plus vouloir rien voir, fuite en avant toujours plus dangereuse. Que se passait-il ainsi vraiment derrière les hauts murs blancs de la fameuse villa Susini, dont on disait qu'elle était devenue le centre général des interrogatoires ? Les bougainvilliers éclataient sur les murs immaculés comme d'énormes taches de sang, ils n'étaient jamais aussi luxuriants, aussi abondants qu'ici. Un véritable trafic s'y passait. On allait, on venait, des Jeeps, des camions entraient, sortaient en trombe, des hommes armés en treillis montaient la garde. La villa, dans son style mauresque, était de réputation somptueuse. Qui eût pu croire qu'il s'y passait selon toutes rumeurs des choses atroces, des tortures, des viols, des jugements expéditifs et même des exécutions sommaires ? Si les pieds-noirs dans leur grande totalité avaient appris ces exactions qui étaient impensables à leurs yeux venant de la France, même pour leurs plus féroces ennemis, auraient-ils approuvé plus longtemps ces méthodes ?

La plupart d'entre eux ignoraient tout de ces agissements. Pour eux, la guerre ne pouvait être sale. Elle devait user des règles ordinaires de la guerre, celles qu'ils avaient apprises dans leurs manuels d'histoire. Mais ce qu'ils ne comprenaient pas encore, c'est que les événements d'Algérie inauguraient quelque chose de très moderne pour l'époque, une guerre à laquelle les poussait le FLN, apprise des méthodes marxistes, révolutionnaires, et qui justement avait renoncé aux règles traditionnelles de la guerre, pour en préférer de plus « terroristes ». La terreur, de fait, était partout, les deux parties en place l'utilisaient abondamment, chacune rivalisant d'ingéniosité et de cruauté.

On avait quand même, au milieu de cette partie de ping-pong, l'impression d'être en situation défensive. On avait foi de toute façon en la France, on croyait en elle, naïvement, on pensait à tous les chefs de guerre qui l'avaient protégée, et on croyait que de Gaulle ferait de même. De toute manière, ne l'avait-il pas lui-même affirmé ? C'était dans cette illusion que nous nous étions déplacés en foules joyeuses et pacifiques, vers le Forum d'Alger, le 13 mai 1958. Nous n'étions pas venus pour rien ! Nous avions entendu de nos oreilles, le fameux « Je vous ai compris », lancé comme une certitude, une formidable promesse à la foule naïve et en liesse... Et l'on avait applaudi, sans comprendre vraiment ce que de Gaulle avait voulu dire par là. Les Français riaient et pleuraient de joie, les Arabes aussi, ils nous enlaçaient, nous embrassaient. Une vraie solidarité soudain était apparue, comme un miracle. Était-ce possible ?

Mais on ne savait pas au fond ce que nous avions vraiment compris. Seulement le fait peut-être que nous resterions ici, sur cette terre. Dans cette permanence à laquelle le pays, dans sa beauté et sa force, semblait inviter. Il y avait bien eu, certes, des tremblements de terre, des événements qui avaient pu perturber l'ordre naturel des choses, mais, en général, l'Algérie était ressentie par nous comme une terre stable, dont la sacralité était si perceptible, si incarnée, qu'il nous paraissait impossible de ne pas en participer.

C'est dans ce malentendu que nous avions finalement vécu. L'Algérie affichait dans ses paysages une telle sérénité, une telle éternité que forcément, nous en partagions l'équilibre. C'est pourquoi nous en voulions tant aux « fellaghas », comme on disait. Ils nous avaient arrachés à cet équilibre et à cet ordre. Ils avaient bousculé volontairement le fléau de la balance, installé le désordre et le chaos. C'était comme une profanation puisque, inconsciemment, le pays était ressenti comme « sacré ».

Nous ne sommes pas encore au bout de nos peines et de nos surprises. L'arrivée à Marseille, où l'on nous trie comme des prisonniers politiques, n'est qu'un aperçu de l'humiliation que nous devons supporter. Nous ignorions que, dans les réunions du conseil municipal de la Ville, les discussions avaient été dures et nous ne pouvions imaginer qu'elles le seraient encore davantage dans les jours qui suivraient au vu de l'afflux de plus en plus massif des pieds-noirs. Gaston Defferre, le maire de Marseille, ne cesse pas de maugréer et de combattre notre venue. Dans les couloirs de la mairie, dans son bureau qui donne sur le vieux port, il menace de ne plus accueillir de rapatriés, envoie des courriers au gouvernement. Actif militant de la cause algérienne, satisfait de l'issue, il ne veut pas voir cependant débarquer « chez lui » des milliers de rapatriés. Commence alors une véritable campagne de presse contre eux, orchestrée par les élus locaux et la presse à leur service. Campagne de dénigrement qui consiste à répandre l'idée que les rapatriés sont des « fascistes », des membres de l'OAS, des nantis qui ont exploité les indigènes, et donc des racistes... Comment, dans ces conditions, accueillir de tels individus ? La presse se déchaîne comme elle se déchaînera longtemps après l'Indépendance.

Il s'agit d'abord que Marseille ne soit qu'une plate-forme de triage. Il faut, disent-ils, éparpiller les réfugiés dans la France entière, de préférence dans le nord et dans l'est du pays, les diluer le plus possible afin d'éviter toute velléité de communautarisme ou pire encore, de contamination. Gaston Defferre, fidèle aux idéaux de l'Internationale socialiste, ouvre grands les bras aux immigrés du Maghreb mais refuse d'accueillir les Français d'Algérie. Il a décidé de ne pas leur faciliter la tâche. Le retour doit être vécu comme une nouvelle punition, un châtiment même en raison de ce que les pieds-noirs sont censés être : comment accueillir dans la bonne vieille ville de Marseille, gardée par sa Madone, des racistes et des colonialistes ? En aucun cas, il s'agit de les faire passer pour des victimes, mais comme des colons vaincus. Plus leur déchéance est grande et visible, plus ils doivent être humiliés. Les aider dans leurs démarches mais parcimonieusement, ne pas favoriser leur implantation, ne surtout pas les consoler de leur défaite. Des associations, catholiques pour la plupart, souvent contre la hiérarchie de l'Église, essaient de suppléer les défaillances municipales.

Defferre lui-même passe outre aux décisions gouvernementales à l'égard des rapatriés qui sont pourtant prises du bout des lèvres. Ainsi, le 2 juillet 1962, il accordera une interview à *Paris-Presse l'Intransigeant* qui fera date : « Les enfants ? répond-il à une question du journaliste, ici, pas question de les inscrire à l'école, car il n'y a pas assez de place pour les petits Marseillais. » « Est-il vrai qu'il règne dans la ville de Marseille une certaine tension entre Marseillais et pieds-noirs ? » « Oui, c'est vrai, rétorque-t-il. Au début le Marseillais était ému par l'arrivée de ces pauvres gens, mais bien vite, les pieds-noirs ont voulu faire comme ils le faisaient en Algérie quand ils donnaient des coups de pied aux fesses des Arabes. Alors les Marseillais se sont rebiffés. Vous-même, regardez en ville : toutes les voitures immatriculées en Algérie sont en infraction… » Le journaliste insiste : « Dans certains milieux de Marseille, on prétend que vous avez à votre disposition une police spéciale, genre barbouzes, est-ce vrai ? » « Non, répond Defferre, je n'ai pas de barbouzes à ma disposition, mais simplement des militants. Ils sont groupés en sections et en sous-sections, à Marseille, un peu plus de 15 000. Et croyez-moi, ces gens savent se battre. Aux prochaines élections si des pieds-noirs venaient nous chatouiller le bout du nez, ils verront comment mes hommes savent se châtaigner… Ce ne sont pas eux qui viendront, mais nous qui irons casser leurs réunions…

N'oubliez pas que j'ai avec moi une majorité de dockers et de chauffeurs de taxis ! » « Avez-vous embauché dans vos services municipaux des fonctionnaires pieds-noirs ? » interroge le journaliste. « Pas question que j'embauche des fonctionnaires, car, depuis mon arrivée à la municipalité de Marseille, je me suis séparé déjà de 1 500 employés ! » « Voyez-vous une solution aux problèmes des rapatriés à Marseille ? » insiste le journaliste. « Oui, répond Defferre, qu'ils quittent Marseille en vitesse ; qu'ils essaient de se réadapter ailleurs et tout ira pour le mieux… »

À l'Élysée, c'est le même constat, mais de Gaulle se doit de paraître juste, en raison de certains députés dans l'aile droite de sa majorité qui s'indignent du traitement qui est accordé aux pieds-noirs. L'opposition de gauche jubile et en viendrait presque à pactiser avec le Général, qu'elle a combattu ardemment. En privé, elle s'étonne même de l'indignité dans laquelle le chef de l'État jette les pieds-noirs. C'est que de Gaulle voit lui aussi en chacun d'eux des sympathisants de l'OAS, ils sont donc ses ennemis jurés. Il les méprise avec hauteur : illettrés, incultes, ramassis venus, il y a cent cinquante ans, des bas-fonds et des geôles, miséreux du bassin méditerranéen, profiteurs, cupides et racistes. Jamais il ne leur pardonnera de s'être jetés pour la plupart dans les bras de ses ennemis personnels, ses compagnons de guerre cependant, ses camarades de promotion, le fameux « quarteron de généraux en retraite »… Se propage cependant la rumeur que toute la petite société des ministres commence à s'inquiéter de ces arrivées massives de pieds-noirs. On ignore ce qui se dit dans les salons dorés de l'Élysée. Mais plus tard les langues se délieront et l'on en saura davantage.

C'est donc dans l'ignorance de leur sort que les rapatriés débarquent à Marseille et à Port-Vendres, sans se douter de la cruauté des propos qui se tiennent à leur encontre. Ils les découvriront, dans la stupéfaction, voire dans l'incrédulité, des années après : « La grande majorité des Européens d'Alger et d'Oran ne vivaient pas vraiment en Algérie, près des Algériens, commente le Général… Ils vivaient sur la côte, entre eux. Ils se transportent à Marseille pour recommencer. C'est impossible ! Il faut les obliger à se disperser sur l'ensemble du territoire. Leur répartition et leur emploi exigent des mesures d'autorité ! »

Georges Pompidou, de son côté, suggère de demander au ministre des Affaires étrangères de proposer aux pieds-noirs une immigration d'envergure en Amérique du Sud. « Ils représenteraient la France et la culture française », plaide-t-il non sans ironie… La suggestion ne convainc guère de Gaulle : « Il faut attendre, dit-il. Les choses vont se tasser. Tous ces gaillards, plutôt que d'aller à Lille, ils préféreront revenir à Oran ! Il ne faut pas jeter le manche après la cognée ! C'est une substance humaine française, que nous n'avons pas le droit de perdre… Il est souhaitable qu'ils reviennent en Algérie, et que ceux qui y sont encore y restent ! Il ne faut ni les laisser s'agglomérer à Marseille, ni les laisser s'expatrier… Où serait notre avantage à provoquer un mouvement d'immigration ? »

Pour l'heure, la « substance humaine » est renvoyée de bureau en bureau, de guichet en guichet. La foule s'impatiente, de longues files d'attente qui durent des heures se forment. C'est qu'il s'agit de ne rien laisser au hasard et surtout de ficher tout le monde. Il ne s'agirait pas, comme l'a susurré le ministre Pierre Joxe, que toute cette population fasse germer des idées fascistes dans le pays. Car Joxe n'a qu'une obsession : disperser les rapatriés pour qu'il n'y ait pas de noyaux durs et subversifs en France ; une contre-révolution, cette fois-ci basée sur le territoire de la métropole, insufflée par les nostalgiques de l'OAS, est sa hantise. « Il n'est pas souhaitable, dit-il, péremptoire, qu'ils s'installent en France, où ils seraient une mauvaise graine ! Il vaudrait mieux qu'ils s'installent en Argentine, ou au Brésil, ou en Australie »... Ce à quoi de Gaulle rétorque : « Mais non ! Plutôt en Nouvelle-Calédonie ! ou bien en Guyane, qui est sous-peuplée et où on demande des défricheurs et des pionniers ! »...

Toute cette façon d'envisager le retour des pieds-noirs finit par se savoir. La presse en fait indirectement état, des rumeurs circulent, mais nous ne voulons rien entendre. Français nous sommes, français nous resterons. On ne peut imaginer que la France soit si infidèle, si peu maternelle et aimante : où est la France de Ronsard et de Montaigne ? celle de Giono et de Saint-Exupéry ? de Barrès et de Péguy ? de Hugo et de Chateaubriand ?

La situation à Marseille est difficilement gérable. Les autorités sont dépassées devant le flux ininterrompu des rotations maritimes qui ne cessent de déverser leurs flots de rapatriés. Defferre, pour une fois, a un allié dans le général de Gaulle : il sait qu'il peut lui demander ce qu'il veut sur cette question. « Plus du tiers des rapatriés se sont agglutinés à Marseille, dit le Général. Ils s'y trouvent bien. C'est un port méditerranéen qui ressemble à leurs villes familières et qui leur permet de rester en position d'attente avant de choisir entre le maintien en métropole et le retour en Algérie. Même quand on les envoie en bateau à Bordeaux, ils prennent le train pour rejoindre Marseille. Ce qui soulève des problèmes d'ordre public et d'emploi. Il faudra donc prendre des mesures autoritaires pour disséminer cette masse. » Defferre acquiesce et jubile devant l'attitude du chef de l'État qui ne s'exprime pas publiquement ainsi bien sûr mais qui se répand en privé, au risque de laisser rapporter ses propos.

Les jeunes garçons à partir de 16 ans sont considérés comme de dangereux individus. Il convient, par un habile tri, de faire en sorte qu'ils ne constituent pas une société secrète et subversive. L'important est donc d'éviter les effets de masse. Disperser, disséminer, diluer, ce sont les mots employés pour vaincre l'amertume et la rancœur des nouveaux venus. Agir au plus vite pour qu'ils n'aient pas le temps d'être pris en main par de plus organisés. Démanteler la « substance humaine ».

Comme les paquebots n'arrêtent pas leurs rotations entre l'Algérie et la métropole, les Marseillais commencent à être excédés, attisés par leur maire qui fait des déclarations fracassantes et des envolées qui frisent la discrimination à l'encontre des réfugiés. Ils reviennent vaincus et hagards, loin de l'image de « colons » (c'était le mot habituellement utilisé par le général de Gaulle pour les désigner) arrogants et brutaux qu'on leur avait accolée. Dans *L'Humanité*, un journaliste note, ironique : « Ils ont une drôle d'allure, ces passagers en provenance d'Algérie ! »

Marseille et ses habitants, une bonne fois pour toutes, n'en veulent pas. C'est pourtant la deuxième ville de France après Paris qui a accueilli depuis des années des flots d'immigrés maghrébins, au point que des quartiers entiers ressemblent à de « petits Alger ». Toute la ville vit par le port, elle est devenue au cours des siècles la porte de la Méditerranée, celle qui ouvre, véritable avant-poste, sur les pays d'Orient. Au bout de l'horizon, c'est « là-bas », d'autres rivages, d'autres mœurs qui fascinent et intriguent. Marseille est forte de cette spécificité, elle n'a jamais renié sa réverbération orientale, son climat, ses criques, ses plages, ses façons de vivre, sa lumière en ont fait une ville de « là-bas ». Et pourtant, elle refuse à présent d'accueillir ceux qui en sont chassés. La politique, l'esprit partisan, l'idéologie anticolonialiste lui font perdre l'esprit de fraternité et de compassion, sa vertu originelle d'accueil et d'hospitalité qu'elle a néanmoins accordée aux Arabes venus au titre de l'immigration économique.

Les attentats perpétrés par l'OAS après les accords d'Évian nous ont complètement décrédibilisés et maudits. Le gouvernement et les partis d'opposition, socialistes et communistes en tête, excités par les syndicats, voient en chacun de nous, au pire des membres supposés de l'Organisation secrète et au mieux des sympathisants. Joxe, le ministre le plus acharné contre nous, redoute notre arrivée, car il y a, dit-il, des « tueurs » parmi les pieds-noirs… L'opinion, encouragée par la presse, croit cela tandis que les autorités, profitant du désarroi et de l'afflux inattendu de rapatriés, se prétendent « dépassées », justifiant ainsi la désorganisation complète des secours et des assistances…

Il faut survivre cependant à tous ces obstacles, ne pas renoncer à avancer. Peu d'ailleurs parmi nous semblent avoir renoncé à recommencer. Tout au plus sont-ils effondrés de fatigue et révoltés devant tant d'injustice. Mais recommencer, c'est « dans les gènes », disent-ils, ça fait partie de la « race » des pionniers. Certains même, bravaches, disent qu'ils vont en remontrer aux Français, aux « patos » comme ils les appellent, « on n'a même pas de mérite parce qu'ils sont feignants, ils ne savent pas ce que c'est que de faire de ses mains un pays… » La « niaque » ou plutôt la « rabbia », comme ils disent, sainte colère venue de très loin en eux, est réapparue chez certains, ils sont prêts à recommencer, à se battre. Mais la France du général de Gaulle leur fait intimement peur. Ils ne se sentent pas chez eux, pas acceptés, cependant, « leur place est là, affirment-ils, il n'y a pas à discuter. On va pas revenir là-bas se faire égorger, non ? »

Durant les jours de transit où nous sommes forcés de rester et d'attendre des destinations que nous ne réclamons pas, dans cette ville de Marseille qui fait tant penser à Alger mais qui, en même temps, rechigne à nous accueillir, au milieu des Arabes immigrés et installés qui ont l'air en revanche d'être bien chez eux, nous mesurons le problème que l'on soulève et l'embarras dans lequel nous mettons les autorités. Nous en sommes culpabilisés mais nous pensons aussi que le devoir de la France est de nous recevoir, quelle que soit son analyse de la question : la République a comme premier devoir de protéger ses enfants. C'était une règle que nous avions apprise en Algérie dans tous les cours d'instruction civique, et « bessif », elle le ferait. C'est ainsi que commence notre premier vrai bras de fer avec la France ingrate et marâtre.

L'opinion est contre nous, on le devine lorsque nous nous hasardons dans les grandes artères de Marseille, on est des intrus, des importuns. Les Marseillais ne se gênent pas pour nous dire de retourner en Algérie, qu'il n'y a pas de travail en France, rien à y faire, et que de toutes les façons, nous ne sommes pas les bienvenus. On le voit à la façon qu'ont les commerçants de nous rendre la monnaie. Peu à peu ils s'aperçoivent que, loin d'être des « colons » fortunés, nous n'avons guère d'argent. Non seulement, disent-ils, ils ont fait tuer nos petits jeunes, dans les Aurès, tout ça pour qu'ils puissent continuer leur belle vie au soleil, mais encore ils viennent quémander des droits en France… Il y a même des Algériens qui nous narguent en nous croisant et qui rient sur notre passage, d'un air de dire qu'ils sont plus chez eux que nous ne le sommes nous-mêmes…

Le général de Gaulle, depuis les attentats dont il a été la cible au début du printemps, est apparu une nouvelle fois comme le sauveur, celui qui a su terminer une guerre. Et nous sommes devenus par un tour de passe-passe bien orchestré par des ministres et l'opposition de gauche, les sympathisants de ceux-là mêmes qui ont perpétré les attentats contre le Général ! Le fascisme, rien que cela, menace donc le pays. La rumeur est savamment entretenue par les communistes, toujours très habiles à dénoncer l'autre pour éviter qu'on leur demande des comptes sur les exactions et les déportations commises sur la population civile en Union soviétique, et par les gaullistes qui ont eu peur pour leur chef.

Nous, nous ne sommes pas davantage les affidés de Salan et de ses amis, nous sommes perdus sur une terre qui nous apparaît soudain étrangère et dont on a cru qu'elle était notre mère. Une terre sur laquelle nous avions pendant des années fantasmé, la parant de tous les dons, de toutes les grâces et qui à présent nous regarde d'un œil torve et malveillant !

Dans ces premiers jours d'exil marseillais, tout me revient de la France que j'ai imaginée et dont je commence à comprendre que je l'ai inventée. La vie coloniale a mythifié la terre mère, elle l'a embellie et revêtue de toutes les vertus. Dans cette Algérie aussi différente qu'elle puisse être de la France profonde, nous entretenions une mythologie qui, chaque jour davantage, nous éloignait des vraies réalités. La France, durant ma jeunesse, était une sorte de paradis familier et douillet, un vaste territoire que les poètes avaient chanté, et dont j'avais appris les vers : pêle-mêle il y avait le Paris des années cinquante, célébré par Prévert, mais aussi et surtout la France des campagnes et des villages, la France du terroir, les campagnes épaisses de verdure, les petites églises, les places ombragées, les fontaines, tout ce que Saint-Exupéry décrivait dans *Terre des hommes* et dont il déplorait la disparition, et cette vie rêvée dans des provinces stéréotypées, comme la Touraine ou la Provence, la Bretagne ou la Normandie.

Dans les rues de Marseille, je ne retrouve rien de tout cet imaginaire puisé aux sources des livres et des poèmes, et mes rêves tombent comme des décors de théâtre, mes illusions s'effondrent. Ma mère, un peu bravache, dit qu'il faut aller dans le centre de la France pour retrouver nos impressions, au moins s'enfoncer dans le pays, ne pas rester dans cette ville qui est tellement brouillonne qu'elle ressemble « à une tour de Babel, ma parole » !

Après tant de luttes et d'angoisses, après toutes ces années de confusion et de douleur, on a envie de choses paisibles, de campagnes apaisées, de paysages ordonnés et harmonieux. On rêve de soleil plus doux, de lumière moins tranchée, pour s'acclimater, on disait « s'apprivoiser », à notre nouvelle vie.

Tout ce début d'été 1962 est vécu dans l'hystérie. Partout, on ne parle que de « ça », de l'arrivée des pieds-noirs. On est tour à tour maudits et raillés, injuriés et escroqués. Les Français croient que nous avons de l'argent caché dans nos poches. Certains sont dépouillés de leurs vêtements, car on pense trouver des billets dans leurs doublures. Sur les murs du port de Marseille, on a posé des affiches représentant des silhouettes de pieds-noirs au beau milieu de la carte de France. « Halte au péril pied-noir » est écrit en grosses lettres.

Le gouvernement semble de plus en plus nerveux et atterré devant l'ampleur des retours. Le ministre Robert Boulin est dans le déni total de la situation. Craignant que les accords d'Évian ne soient décrédibilisés et remis en question par cet exode massif et par tout ce qui s'y rapporte, redoutant une sorte de guerre civile avec des centaines de milliers de rapatriés favorables dans l'ensemble à l'OAS, même s'ils ne partagent pas les valeurs d'extrême droite, il veut rassurer de Gaulle : il n'y a, dit-il, que 160 000 rapatriés, à peine plus que l'année précédente. Pour la plupart, ce sont des vacanciers : ils repartiront à la fin de l'été. En Algérie, dans la fébrilité de l'Indépendance, où le pays sera remis « clés en main », l'armée encore en place sillonne les rues des grandes villes avec des haut-parleurs pour inciter les Français à rester. À tout prix, on veut faire croire au monde entier que la situation est maîtrisée et que surtout les accords d'Évian sont une belle « paix ».

Les forces militaires et le gouvernement français savent cependant qu'il n'en est rien. Ignorent-ils les kidnappings, les viols de femmes, les enfants assassinés, toutes ces exactions qui sont exécutées en toute impunité sur le territoire algérien ? À Marseille, on sait tous que la France veut se débarrasser au plus vite de ce cauchemar. Aussi notre arrivée n'enchante-t-elle pas l'orgueilleux général : nous sommes les gardiens de la mémoire et les témoins vivants de sa stratégie cynique.

Pour l'heure, les nouvelles sont mauvaises. Quelques pieds-noirs plus aisés tentent d'acheter des terres, des appartements ou des maisons. Mais les prix flambent. Il faut leur faire payer cette guerre. Des Français vendent des ruines à des sommes astronomiques, des appartements insalubres, des terres inondables. C'est à qui les escroquerait le plus ! L'invincible espérance que leur a donnée l'Algérie est cependant au cœur de leur histoire personnelle. Les pieds-noirs accusent les coups, ils encaissent tout mais n'oublient rien et avancent. C'était ainsi au début du peuplement. Les marais et les bêtes sauvages n'eurent pas raison de leur détermination et de leur force intérieure.

Les soirées pourtant sont maussades et mélancoliques. La plupart d'entre nous n'ont pas d'argent, des associations caritatives apportent un peu de chaleur, mais il manque cette douceur du pays natal, cette tendresse secrète qu'il nous donnait malgré les violences, les bombes, les brutalités, les menaces. Nous avons trois mois pour nous retourner. Après, ce sera la rentrée des classes et le mauvais temps que nous craignons par-dessus tout. Trois mois pour nous reprendre. Le défi est immense, mais il nous va. Triompher de cette défaite… Il faut revenir chaque jour dans des bureaux administratifs, et chaque jour se plier aux exigences de la bureaucratie. La lenteur y est plus grande qu'à l'accoutumée, comme si l'on faisait exprès de nous faire attendre, les tracasseries se multiplient et toujours le sentiment de n'être ni acceptés ni reconnus.

La seule évasion est celle du souvenir. L'exil affronte mal la séparation. La mémoire revient par bouffées, odorantes, lumineuses. Elles saturent soudain l'espace, l'environnement hostile. Il ne s'agit pas de vivre dans ce repli de mémoire, parce que l'espérance est trop forte, le désir de s'en sortir trop violent, mais l'exil donne, à coup sûr, des savoirs en plus, d'autres connaissances plus fines, plus mystérieuses sur l'existence. Ce qui est sûr, c'est que l'on ne sera jamais totalement « français », cette certitude totale de l'être, d'incarner dans son entier, l'identité française ; il y a quelque chose de métis, de bâtard et de mêlé qui se dérobe à tous les embrigadements. Pas arabe non plus. Mais un autre état, une autre appréhension du monde. Un autre regard.

Dans Marseille surpeuplée, les réfugiés cependant perdent pied, promenés de bureau en bureau. Ils n'ont même plus la possibilité de se retrouver, d'échanger, quelques groupes se forment mais chacun essaie de se tirer d'affaire. Tous les voyageurs du *Ville d'Alger* sont maintenant dispersés dans la capitale phocéenne ou déjà partis vers d'autres destinations, Paris, la région parisienne, le Nord, le Sud-Ouest. Le général de Gaulle avait raison : l'objectif est de « disséminer » cette foule, ne pas la laisser s'agréger ou s'organiser. Les directives sont très nettes, que ce soit en France ou en Algérie, Michel Debré et de Gaulle sont fermes sur ce point, ne jamais laisser l'initiative aux pieds-noirs et surtout aux soldats dissidents de l'OAS, de peur qu'ils ne tentent quelque action désespérée et « félonne ». « Vous préviendrez, avait déjà écrit en décembre 1961 Michel Debré au délégué général et au commandant supérieur des forces en Algérie, les tentatives de cette nature en affirmant et en portant à la connaissance des populations la détermination des Autorités responsables à s'opposer immédiatement et par la force à tout mouvement insurrectionnel et de le briser sans faiblesse. Vous vous mettrez en mesure de faire face à une épreuve de force si elle vous est imposée et d'en triompher. »

« Briser » ce mouvement éventuel… Le mot est guerrier et fort. Mais les pieds-noirs l'avaient déjà entendu de la bouche du Général, qui, le 10 décembre 1960, devant l'accueil plutôt frais qu'ils lui avaient réservé, avait déclaré : « Je les briserai » ! Lentement, devant l'ampleur de la situation et de l'exode, ils prennent mesure des mensonges et des trahisons dont ils ont été victimes. Les paroles de de Gaulle auxquelles ils avaient cru remontent à leur mémoire et prennent une résonance particulière. À la télévision, le 29 janvier 1960, de Gaulle n'avait-il pas, sans ciller, déclaré : « Français d'Algérie, comment pouvez-vous écouter les menteurs et les conspirateurs qui vous disent qu'en accordant le libre choix aux Algériens, la France et de Gaulle veulent vous abandonner, se retirer de l'Algérie et la livrer à la rébellion ? Cela, je ne le ferai jamais » ? Mais près d'un an après, le 20 décembre 1961, ne disait-il pas : « Nous sommes prêts à recevoir les délégués de ceux qui nous combattent... L'Algérie, demain, sera algérienne, quoi qu'il arrive, la France protégera ses enfants et les musulmans qui voudront rompre avec les parties intéressées » ?

Dès lors, comme si le déni d'une Algérie algérienne s'écroulait, les aveux tombèrent sans pudeur. Demandant aux Français de métropole leur adhésion totale, de Gaulle affirme de nouveau le 4 janvier 1961 : « L'Algérie, demain, sera algérienne. » Devant les entreprises subversives de l'OAS, il « ordonne » le 23 avril de la même année, « que tous les moyens soient employés » pour barrer la route aux insurgés ... Le 26, il assène : « Brisez l'insurrection, y compris par les armes... » Les Français d'Algérie ne sont même plus considérés comme des partenaires politiques, ils sont offerts littéralement aux Algériens, comme des victimes expiatoires en même temps que les harkis. Le 8 mai, après l'échec du putsch, il déclare solennellement : « La justice passera sur les coupables... J'invite les Français d'Algérie à renoncer aux mythes périmés et aux agitations absurdes d'où ne sortent que des malheurs. » La référence aux mythes n'est pas sans intérêt. De Gaulle balaie en quelques mots toute une histoire légendaire, une période de l'histoire de France dont il tourne la page, sans émotion. Le 12 juillet 1961, sans ambages et sans précautions oratoires pour le million de Français dans le désarroi total, il insiste : « La France accepte que soit constitué un État algérien indépendant. » Le 5 février 1962, avec un certain cynisme, il annonce : « Nous approchons de l'objectif qui est le nôtre. » Il n'est toujours pas question du rapatriement des pieds-noirs. De Gaulle pense qu'ils vont rester sur place, s'accommoder de la situation. Il sait, pour connaître ses interlocuteurs et les faits de guerre, combien ils sont en danger, livrés à la population et à la soldatesque, donnés à la vengeance générale et à l'ivresse de la victoire… Mais cela lui importe peu.

L'alliance objective avec la gauche française, les forces progressistes internationales, les intellectuels parisiens libérés de Camus, devenu pourtant depuis sa mort accidentelle un ami respecté, tous planqués dans le maquis mondain de Saint-Germain-des-Prés, se pensant, de Mauriac à Sartre, « consciences nationales », s'érigeant en libérateurs, célèbre une sorte de réconciliation nationale sur le dos des pieds-noirs… Sartre ironise sur le sujet : « Dans toute guerre, il faut, dit-il, des boucs émissaires. » Il s'en accommode, préférant accorder toute sa sympathie aux vainqueurs… L'opinion française en métropole est incitée à penser de même et la propagande va bon train. La presse évoque dans la liesse la fin de la guerre, les accords d'Évian. Sur les futurs rapatriés, peu de commentaires. Le mépris du silence et de l'indifférence.

Dans cette période d'attente, les jours passent, dans leur morne régularité, sans grâce. Les pouvoirs publics nous incitent toujours à repartir, nous faisant croire qu'il n'y a pas de place pour nous ici. On résiste parce que l'on mesure la violence de la vengeance et le souffle déployé de la propagande, enfin libéré : tant d'années de fausses informations, de dénigrements, de mensonges, de mythes entretenus savamment pour que, enfin, l'Algérie soit donnée au FLN ! C'est un fait pourtant, la dernière génération de pieds-noirs va devoir payer pour l'histoire des commencements, pour les fautes commises par les premiers arrivants. C'est bien l'histoire du péché originel qui recommence.

En France, les historiens, bienveillants pour la plupart à l'égard de l'indépendance algérienne, ressortent les textes compromettants. Pourquoi se voiler la face ? Il y eut des exactions atroces, des actes barbares et sauvages. Les écrits du lieutenant-colonel Montagnac, en 1843, rapportent des récits qui n'ont à l'époque étonné ni choqué personne en France : « Toutes les populations qui n'acceptent pas nos conditions doivent être rasées. Tout doit être pris, saccagé, sans distinction d'âge ni de sexe. L'herbe ne doit plus pousser où l'armée française a mis le pied. Qui veut la fin veut les moyens, quoi qu'en disent nos philanthropes. Tous les bons militaires que j'ai l'honneur de commander sont prévenus par moi-même que s'il leur arrive de m'emmener un Arabe vivant, ils recevront une volée de coups de plat de sabre. Voilà comment, mon ami, il faut faire la guerre aux Arabes. Tuer tous les hommes jusqu'à l'âge de 15 ans, prendre toutes les femmes et les enfants, en charger les bâtiments, les envoyer aux îles Marquises ou ailleurs. En un mot, anéantir tout ce qui ne rampera pas à nos pieds comme des chiens. »

Évidemment, des textes aussi fanatiques, écrits par un militaire hystérique et assassin, font jubiler toute l'intelligentsia parisienne. Jeanson, Sartre se déchaînent et répètent à l'envi que la seule et unique tâche du citoyen français est de ne pas ignorer ces atrocités. Qu'elles sont le fondement du colonialisme et que tout ce qui s'y rattache est complice de ce récit. Emporté lui-même dans une dénonciation fanatique, Sartre a multiplié dès le début de la guerre et jusqu'à son issue des textes incendiaires, d'une violence inouïe, qui laissent perplexe. Préfaçant en 1961 *Les Damnés de la terre*, un ouvrage dans le droit fil de la poésie d'Aimé Césaire ou de Léopold Sedar Senghor, écrit par le psychiatre Frantz Fanon, il ne se contrôle plus et en appelle au meurtre des Français d'Algérie. « Car, dans le premier temps de la révolte, il faut tuer : abattre un Européen, c'est faire d'une pierre deux coups, supprimer en même temps un oppresseur et un opprimé : restent un homme mort et un homme libre ; le survivant pour la première fois sent un sol national sous la plante de ses pieds. » Les dérapages verbaux de Sartre se poursuivent dans *Les Temps modernes*, les derniers soubresauts de la guerre l'enflamment, il livre une vision de la colonisation complètement caricaturale et fantasmée : « Le colonialisme refuse les droits de l'homme à des hommes qu'il a soumis par la violence, qu'il maintient de force dans la misère et l'ignorance, comme dirait Marx, en état de "sous-humanité"... Personne n'ignore aujourd'hui que nous avons ruiné, affamé, massacré un peuple de pauvres pour qu'il tombe à genoux. Il est resté debout.

Mais à quel prix ?... Les colonisés ont été maintenus par un système oppressif au niveau de la bête... Ordre est donné de ravaler les habitants du territoire annexé au niveau du singe supérieur pour justifier le colon de les traiter en bêtes de somme... Rien ne sera ménagé pour liquider leurs traditions, pour substituer nos langues aux leurs, pour détruire leur culture sans leur donner la nôtre ; on les abrutira de fatigue »...

Il était certain qu'avec de telles assertions les pieds-noirs arrivés en France, fils des premiers colons, ne peuvent que passer pour des esclavagistes ! Les Français ne se gênent pas dans les rues pour nous le faire savoir. Méconnaissant complètement la situation sur le terrain, se fondant sur des principes généraux, tout en ignorant l'histoire même de la conquête, ils se contentent d'injures et de brimades. Il faut argumenter, répondre aux questions souvent insidieuses, rétablir des vérités, nuancer des faits, justifier des actions, faire entendre d'autres histoires. Il nous semble que les Français ne voient pas plus loin que leur petit confort immédiat. Ce qu'ils veulent, ce n'est pas la paix mais « leur » paix... Passer à autre chose... « Qu'ils nous foutent la paix avec cette histoire ! » disent-ils...

De Gaulle, qui pense justement que les Français sont des « veaux », qu'ils ont perdu tout sens civique et patriotique, utilise précisément dans cette situation leur façon d'envisager la fin du conflit. De même méprise-t-il hautement les intellectuels qui condamnent le colonialisme mais feint de rechercher le consensus national parce qu'ils le servent en la matière. Toutes les forces vives du pays, même les plus opposées, se sont donc unies pour mettre fin à cette guerre quelles qu'en aient été les conséquences humaines que cela engendrait. Sartre, Mauriac, Revel, Jeanson, Duras (pourtant féroce adversaire du Général sur d'autres plans), Mascolo, Antelme, Blanchot (mais pas Sagan, pas Camus), tous se firent un temps les alliés objectifs de de Gaulle. Chacun y trouva son compte. Tous lui surent gré d'avoir « aidé » la révolution algérienne, maté la rébellion de l'OAS et négligé sciemment la situation des pieds-noirs, considérés comme des figurants dans le grand vent de l'histoire…

Et pourtant, il n'est pas douteux que ces intellectuels, drapés dans leur vertu, savaient que celui qui réalisa l'indépendance algérienne ne mâchait pas ses mots et affichait des convictions très discutables rapportées par des témoins proches : « Alors, Joxe, vous en avez bientôt fini avec vos bicots ? » avait-il lancé au moment des accords d'Évian ! À Alain Peyrefitte, il confiait en parlant des Algériens : « Des Français, ces gens-là ! Avec leurs turbans et leurs djellabas ! Vous voyez bien que ce ne sont pas des Français ! Nous ne pouvons pas tenir à bout de bras cette population… prolifique comme des lapins… Les Arabes sont des Arabes et les Français sont des Français », ou encore cette vision historique à l'emporte-pièce : « Qu'est-ce que les Arabes ? Les Arabes sont un peuple qui, depuis les jours de Mahomet, n'a jamais réussi à constituer un État… Avez-vous vu une digue construite par les Arabes ? Nulle part. Cela n'existe pas. Les Arabes disent qu'ils ont inventé l'algèbre et construit d'énormes mosquées. Mais ce fut entièrement l'œuvre des esclaves chrétiens qu'ils avaient capturés. Ce ne furent pas les Arabes eux-mêmes. Ils ne peuvent rien faire seuls. »

Ma mère ne cherche plus à expliquer l'histoire, la nôtre, considérée de notre point de vue. C'est du temps perdu, dit-elle, car depuis des années, les mentalités ont été préparées à entendre le contraire de ce que nous disons. Elle préfère rassembler ses souvenirs, ne pas vivre uniquement d'eux, mais s'en nourrir, faire qu'ils deviennent un vivier riche d'émotions et de sensations, d'images lumineuses qui pourraient éclairer l'avenir. Elle n'a pris presque rien pour partir, mais son cahier de recettes « de là-bas » est avec elle. Elle pense que, par la cuisine, elle pourrait retrouver la mémoire passée, réensoleiller notre vie. Dans cette quête nouvelle de bonheur, elle range ses souvenirs en fonction de leur qualité de lumière. Celle que l'Algérie a réverbérée sur notre mémoire.

Les Français que l'on côtoie désormais nous ramènent sans cesse aux généraux félons de l'OAS (ils emploient soudain ce mot de « félons » qui me semble sorti tout droit d'un conte médiéval !), à leurs fils abattus dans les djebels pour sauver une « province » dont ils n'ont que faire, trace d'un temps révolu, et qui ne vaut pas la peine que l'on s'en encombre. Ils évoquent tout le temps la torture pratiquée sur les combattants algériens, attisés en cela par *L'Express*, *Le Monde*, *France Observateur*, *L'Humanité*, qui évoquent avec d'infinis détails les atrocités commises par certaines unités de l'armée française, malgré la volonté des appelés qui se sont toujours insurgés contre ces pratiques.

Alors bien sûr, que répondre à cela ? Aucun pied-noir ne peut cependant admettre la torture et la reconnaître comme un moyen utile et nécessaire de combattre l'ennemi. Mais comment répondre aussi aux atrocités commises par les fellaghas, les égorgements collectifs, les assassinats, les mutilations d'enfants, les actes de barbarie commis dans les campagnes, le véritable génocide à l'encontre des harkis ? Comment effacer de nos mémoires les livres blancs qui circulent sous le manteau ? Sommes-nous encore en cette toute fin du mois de juin 1962, à l'abri des exactions qui seraient forcément commises dans les jours à venir en Algérie, et cela malgré les fameux accords d'Évian que le FLN ne respectera jamais ? Nous savons que nous allons encore au-devant d'infinies douleurs. Tous les nôtres auront-ils le temps de fuir le pays et de partir, où que le paquebot aille, mais partir, s'enfuir avant d'être pris dans une rafle ou abattu de sang-froid ?

Dans toute cette histoire affreuse, il faut faire la part des choses, tendre le plus possible à la justice, et respecter la vérité. Qui peut dans ces locaux administratifs où nous sommes traînés de bureau en bureau, nier l'existence de la torture d'État en Algérie ? Qui peut nier ce qui se pratiquait à la villa Susini ? Qui peut nier le récit atroce d'Henri Alleg, du jeune poète Djamal Amrani, torturés dans des sous-sols par des parachutistes et pour lesquels tous les écrivains français s'étaient enflammés ? Mais se sont-ils tout autant enflammés pour ces instituteurs massacrés dans leur jeunesse par les fellaghas ? indignés pour ces enfants mutilés ou ces nourrissons pris par les pieds et fracassés contre des murs ? Que disaient-ils pour ces viols collectifs de jeunes Françaises kidnappées, données en pâture par les états-majors rebelles aux combattants des maquis ? A-t-on une seule fois entendu François Mauriac condamner ces crimes ? et Sartre ? et Simone de Beauvoir ? Seul Camus refusa de hurler avec les loups. Il savait la cruauté de cette guerre, les indignités dont elle était capable, la cruauté des Arabes à quoi avait répondu la violence coloniale. Il paya le prix fort : méprisé, écarté de la scène politique et intellectuelle malgré son prix Nobel, il en fut réduit à déplorer la guerre sans agir, spectateur du désastre, et l'accident de voiture apparut à certains comme une délivrance pour lui et une providence pour ses ennemis.

Plus les jours passent en France, plus on mesure qu'il y a deux façons de comprendre la guerre d'Algérie. Nous, nous étions dans le camp des « salauds », comme disait Sartre, et il fallait maintenant payer. Les humiliations, les brimades, les avanies, c'était le moins à quoi l'on devait s'attendre. « Eh bien, ils souffriront ! » avait dit, prémonitoire, le général de Gaulle en fermant le dossier de l'Algérie…

Malgré la tension, palpable, qui règne dans Marseille, il y a quand même des moments de douceur où l'esprit s'apaise, où nous nous surprenons à ne plus avoir peur, à ne plus croiser de cadavres gisant dans leur sang, à ne plus redouter l'explosion d'une bombe. Dans les quartiers populaires de la ville, se sont installés un peu partout des commerces arabes, pour un peu l'on se serait cru à la lisière de la Casbah, quand il y a peu encore, nous la longions pour rejoindre le centre d'Alger avec ses magasins élégants et parisiens. Mêmes odeurs d'épices qui parviennent à s'échapper des ruelles, mêmes senteurs de fleurs un peu trop sucrées, mêmes musiques qui s'échappent des cafés maures, où quelques vieux Arabes jouent aux dominos. Quand nous croisons un magasin de pâtisseries orientales, on ne résiste pas à acheter des beignets bien huileux, magnifiquement croquants, ou bien encore des losanges de semoule grillés et recouverts de cannelle, ces délicieux *makrouds* qu'il faut surtout tremper dans du miel et qui brûlent la gorge d'être trop sucrés...

Étrangement, les Arabes que l'on croise ne sont pas ressentis comme des ennemis personnels. Peut-être savent-ils, ceux-là, que l'Algérie indépendante serait un chantier considérable et qu'ils préfèrent rester en France où la vie, malgré les petits faits du racisme ordinaire, est finalement plus douce. Entre eux et nous, il y a une connivence, une relation qui se noue toujours, improbable au début et puis qui s'approfondit. C'est de l'ordre d'une reconnaissance intime et secrète, quelque chose qui nous dépasse et qui est pourtant bien ressenti. La musique surtout joue un rôle important. Elle a cette faculté de se glisser entre nous, de se faufiler dans nos mémoires comme elle le fait dans les ruelles étroites du vieux Marseille. Les refrains lancinants saturent tout le champ des souvenirs, ils font remonter ce qui est encore tout frais, presque intact, de sorte que nous ne sommes pas éloignés de l'Algérie.

Je mesure la distance qui nous sépare désormais d'elle et en même temps la proximité mystérieuse qui nous relie, quoi qu'il advienne, à elle. C'est soudain un étrange constat, fulgurant mais qui n'a rien d'amer ni de désespérant. Rien ni personne ne nous séparera jamais de la terre natale. Elle s'est secrètement déposée en nous, et reviendra à la surface dès que nous la solliciterons. Elle nous accompagnera dans nos moindres faits et gestes, et sera l'objet de nos toutes premières impressions sur quoi que ce soit. Le monde sera vu à travers son filtre et elle donnera le ton à toutes choses. C'est la première découverte depuis l'exil et qui m'apparaît la plus importante. Je suis né en Algérie et avant moi tous mes ancêtres depuis les années de la conquête, et je suis de là-bas, l'Algérie est mon pays, je me suis constitué à partir d'elle. Ni les nationalistes algériens ni le FLN au pouvoir ne pourront m'enlever cette certitude-là. Alger est *ma* ville et c'est *chez moi*.

Beaucoup d'entre nous croient cependant aux vertus de l'effacement. Ils pensent laisser derrière eux ces années de cauchemar et repousser dans leur mémoire le plus loin possible l'ensemble de leurs souvenirs. Ignorent-ils que le gros album d'images ne se laissera pas enterrer ainsi ? Qu'il sera beaucoup plus tenace qu'ils ne le pensent, et qu'aucun refoulement ne viendra à bout de son envie de vivre ? L'opinion française nous réclame de tout oublier, de ne plus parler de ce qu'elle considère elle-même comme une défaite humiliante pour la France, une honte même dont il faut se laver. Non seulement, elle nous accueillit les bras fermés, mais encore il faudra se taire et taire jusqu'à nos souvenirs.

C'est ainsi que la terre natale devient un terreau d'images enfoui en nous, elle sera notre source, notre énergie, notre jardin secret. Le temps ne pourra rien contre cette source-là. Il n'y aura pas de digue aussi puissante qu'elle pour la submerger. Elle cheminera avec nous, et sera notre alliée secrète, celle qui fera dire plus tard aux Français un peu étonnés de notre capacité à rebon dir, que l'on a « réussi notre intégration ». À quel prix et malgré quels obstacles ? En dépit de tant de mépris et de solitudes infligées ? Peu à peu se dessinent ainsi les contours de notre future existence. Toujours ourlée de cette absence, au cœur de notre vie et en même temps d'une présence incroyable. C'est un étrange état, il nous manque quelque chose d'essentiel, un air, une respiration particulière, une proximité avec la mer qui n'est pas celle que nous pouvions découvrir sur les rivages méditerranéens de la France. Et tout ensemble, quelquefois confusément mêlée, une envie de nous couler dans cette France que nous avions tant mythifiée, de nous l'approprier, d'y ajouter notre couleur, notre sensibilité.

Mon père cependant demande sa mutation en Périgord ou en Limousin, deux régions peu réclamées par les rapatriés, loin des petites criques rocheuses, semblables à celles qui festonnaient le littoral algérois. Il l'obtient de fait assez vite et nous quittons ainsi Marseille et l'ambiance mimétique d'Alger. En Dordogne, nous entrerons dans un autre monde, dans une histoire plus ancienne, moins « traversée » par les siècles et les progrès. On sera dans cette France que les livres et les légendes ont décrite. Sera-t-elle semblable à leurs descriptions ? « Terre inconnue » cependant : tel serait le constat que la majorité des nôtres fera en ce terrible été 1962. Plus question de plages, de pique-niques sous les pinèdes, plus question de faire la sieste dans les senteurs d'eucalyptus et de résine. L'été ne sera pas chaud, insouciant, vécu dans l'innocence des journées interminables et dorées. Il sera consacré à la recherche d'un toit sous lequel loger.

Les Français en profitent pour spéculer sur notre dos, l'occasion est trop bonne. Aucune indulgence à notre égard, aucune véritable aide. Un sondage assène un jour ses résultats : 62 % d'entre eux refusent d'aider à l'accueil des nouveaux venus. C'était comme dans les années de la conquête : ne compter que sur ses propres forces, sur l'énergie intérieure qui avait fait de nous des pionniers. Le mythe du colon enrichi, remâché par ceux qui ont intérêt à le propager, les communistes par exemple et, après eux, les gaullistes, s'est installé depuis trop longtemps dans le pays pour que notre image puisse être enfin restaurée. Même si les privilèges dont nous aurions été gratifiés n'existent pas en réalité. Les seules choses qu'« ils » n'auront pourtant pas et ne pourront jamais avoir sont le soleil et sa lumière indicible, les joies plénières de la mer, cette sauvagerie des premiers jours que l'on peut encore retrouver dans les criques de Ténès ou de Tipasa. Savent-ils que 72 % des pieds-noirs ont un revenu inférieur de 20 % à celui des métropolitains ? Que 3 % d'entre eux ont un niveau de vie supérieur au niveau moyen de la métropole ? Que beaucoup de postes dans la fonction publique leur ont été proposés à condition que leur échelle de rémunération soit abaissée ? Que disent-ils à l'inverse de leurs fameuses « 200 familles », qui concentrent à elles seules des fortunes colossales et qui paradent en France ? Pourquoi les prolétaires de Billancourt sont-ils aveuglés à ce point et prennent-ils fait et cause pour les combattants du FLN au nom de la lutte des classes, de la liberté des peuples à se diriger eux-mêmes quand ils vivent dans ces années-là dans une grande misère au point que l'abbé Pierre est parti en croisade pour dénoncer les privilèges exorbitants de la bourgeoisie ? Ne peuvent-ils donc plus voir la misère de leurs semblables, la nôtre ?

L'Algérie de fait est devenue depuis longtemps déjà, et bien avant le début de la rébellion, gênante et encombrante. Il aurait fallu se méfier en vérité du général de Gaulle, qui, dès la Seconde Guerre mondiale, avait une piètre idée de l'Algérie et déjà intuitivement pressenti les événements. La non-allégeance spontanée des Français (il disait aussi les « Européens », comme une manière de nous distinguer des Français de France) à sa résistance l'a convaincu de leur adhésion présumée au pétainisme et cela bien que beaucoup de pieds-noirs aient sacrifié leur vie en France et ailleurs pour la mère patrie. Depuis des années, les élites françaises cherchent à nous distinguer, à faire de nous des Français « à part », des êtres singuliers qui n'ont pas la même conscience qu'eux, pas les mêmes mœurs, pas la même culture. Que la vie que nous avons créée « là-bas », comme elles disent, relève d'une autre civilisation. Notre accent, nos grands discours, notre exubérance, et surtout le fait que nous étions surtout un « petit peuple » sans élites réelles sinon Albert Camus, qui dut souffrir à Paris de mille et une déconvenues et brimades que ses « amis » lui infligèrent, tout cela fait de nous des êtres différents. « Le marasme des cellules cérébrales est indicible en ce pays, raconte Robert Randau, en 1907, dans *Les Colons*, deux ou trois écrivains populaires piquent çà et là une originalité sur cette morne masse de gélatine. » Dionys Mascolo, le compagnon de Marguerite Duras, nous résume à « un million d'arriérés moraux » ! Quant à Camus, dans *L'Été*, il déclare plus aimablement : « Mis à part la joie des sens, les amusements de ce peuple sont ineptes. Une société de boulomanes et les banquets des amicales, le cinéma à trois francs et les fêtes communales suffisent à la récréation des plus de trente ans. »

Quelques artistes, surtout des peintres, avaient signalé cette originalité qui faisait de nous des « barbares », mais non pas au sens où la civilisation appelait l'Algérie d'avant la conquête, la Barbarie, c'est-à-dire une terre peuplée d'êtres bruts et sauvages, mais parce que nous étions encore « neufs », sans références. Il y avait une forme d'épicurisme qui ne pouvait être comprise dans la France des années cinquante. Gabriel Audisio, qui fut un de nos plus brillants compatriotes, n'hésitait pas à parler de « cérémonial » quand il évoquait notre vie quotidienne. Une vie que Camus, malgré la misère de son enfance, définissait comme « surabondante ». Les Français accréditèrent l'idée que nous avions inventé un art de vivre qui excluait les neuf dixièmes de la population algérienne. Que nous vivions une existence qui n'était pas la vraie vie et que notre inconscience résidait dans cette fiction que nous nous étions inventée. C'est peut-être vrai au regard des événements qui suivirent, mais nous étions aussi peu qu'il est possible passionnés de politique : en aucune manière stratèges ou cyniques, nous incarnions une naïveté qui nous faisait d'une certaine manière et maladroitement aimer les indigènes, tout en les repoussant. Ignorants de ceux qui en sous-main tiraient depuis la France les ficelles de l'Algérie coloniale, injuste, autoritaire, paternaliste, impérialiste, raciste et intolérante.

Nous craignions plus que tout les festivités prévues de juillet 1962. La fameuse journée du 5 juillet où serait célébrée l'indépendance enfin obtenue. En France, la presse se prépare aussi à l'événement. On ne parle déjà plus guère de nous. Le flot des arrivées s'est tari : presque tous les nôtres sont rentrés, éparpillés sur le territoire ou déjà en partance vers des terres plus accueillantes, comme en Amérique latine, où des milliers d'hectares sont confiés pour des sommes dérisoires à des agriculteurs pieds-noirs. De même l'Espagne du général Franco concède des prêts et des terres aux rapatriés avec une générosité qui ajoute à la suspicion que les Français ont à notre encontre. L'Espagne franquiste, donc fasciste, rajoute la presse, est ainsi devenue terre d'accueil des exilés et des bannis de l'OAS ! Toute la côte autour d'Alicante devient ainsi en peu de temps un petit fief de rapatriés. Le roman des colonies recommence : des orangeraies prospéreront de nouveau, on ira chercher très loin l'eau qui coulera en abondance, de petits ports de pêcheurs, comme Javea ou Benidorm, deviendront d'attractives stations balnéaires. En France, la mauvaise volonté des municipalités et du pouvoir central envoie les pieds-noirs dans l'Est et dans le Nord, dans des contrées très isolées de Franche-Comté ou des Ardennes afin qu'ils ne puissent se regrouper et, comme le dira Alain Peyrefitte, l'incroyable ministre de l'Information, que cette jeunesse dont Emmanuel Roblès et Albert Camus disaient qu'elle aime à « danser devant la mer » n'aille polluer la jeunesse métropolitaine, de ces « germes dont les pieds-noirs pourraient être porteurs »...

Chacun, où qu'il soit, surveille cependant ce fameux 5 juillet qui promet d'être le jour le plus glorieux de l'Algérie. La presse nationale et internationale se rengorge déjà, les poètes officiels du nouvel État préparent aussi leurs éloges et leurs épopées. Les plus ardents ne sont pas les Algériens mais... des Français qui ont œuvré à l'Indépendance et, restés sur place, demandent la nationalité algérienne. Jean Sénac, Anna Greki, réclamant la nationalité algérienne, y vont de leurs hymnes patriotiques et idéalistes.

« Hors de la matrice énorme de la guerre
Tu nais dans un soleil de cris et de mains nues
Prodiguant des juillets moissonneurs et debout.

Nos morts qui t'ont rêvée se comptent par milliers
Un seul aurait suffi pour que je me rappelle
Le tracé des chemins qui mènent au bonheur…

Les champs de tendre chair se taisent apaisés
Nos morts rendent la terre au soc frais des charrues
Et dans tes veines bat la flamme de leur sang […]

Le ciel indépendant ne parle qu'au futur
Il nous reste à présent l'énergie de l'espoir
Je t'aime Liberté comme j'aime mon fils »,

chante Anna Greki avec un lyrisme débordant qui fait penser aux vers tonitruants des poètes de la révolution maoïste comme à ceux de Paul Déroulède…

De notre terre d'exil, nous imaginons l'intensité de la fête et la fièvre qui doit monter sous le soleil caniculaire de juillet. La ville d'Alger est saturée mais des foules le plus souvent venues par autobus, des fins fonds de la Kabylie, n'en finissent pas d'arriver. Partout ce ne sont que déferlements de youyous et de voitures drapées du drapeau national. Malheur aux Français qui traînent dans les rues, prédit ma mère avec raison ! Car les « mains nues » dont parle Anna Greki peuvent aussi conspuer et lyncher celui qui n'incarne plus que l'oppresseur, le tyran que la force populaire a réussi à vaincre. Dans l'intérieur, la fête est aussi célébrée. Pas un village, pas un douar, pas une ville, pas un domaine qui ne soient animés de chants et de discours. Les combattants enfin revenus du maquis « chauffent » les foules en liesse, sont portés en triomphe. En somme, rien qui ne soit anormal en pareille circonstance.

En France, dans les quartiers d'immigrés, que l'État et les municipalités ont créés souvent de toutes pièces, parquant la main-d'œuvre payée à bas prix dans des cités insalubres, c'est aussi la fête. D'aucuns parlent déjà de revenir au bled, pensant qu'il y aurait désormais du travail pour tous « au pays »... Car eux non plus n'ont jamais cessé d'aimer la douceur tranquille de leurs villages quand le soleil se couche, que tout autour l'horizon devient presque violet, ou s'étire en teintes mauves et orange, et que d'un ravin, ou du perron d'une maison, monte le son rauque et lancinant d'une musique ancienne, s'échappant d'une flûte hâtivement taillée dans une tige de roseau. Ils rêvent de ce retour, imaginant les grands domaines laissés par les Français, à leur disposition...

Nous aussi nous pensons à ces jours tranquilles que nous avions connus, où nous allions, sans crainte de nous faire kidnapper ou égorger, au ravin de la Femme sauvage voir les colonies de petits singes sauter de rocher en rocher, ou bien aux portes du désert dans l'oasis de Bou Saada ou encore dans la Petite Kabylie, pour admirer la nature sauvage. Nous traversions des villages de terre battue et nous distribuions des biscuits aux enfants qui couraient après nos voitures. C'est bien sur ces mêmes routes cependant, après le signal terrible de la Toussaint 1954, que de pauvres agriculteurs français furent massacrés eux et leurs familles, dans des conditions atroces. Qui leur rendra justice ? Qui, à ce jour, fera enfin leur éloge funèbre ? Qui s'est ému des massacres perpétrés dans le Constantinois à la fin de l'été 1955, des tueries atroces de familles entières de colons européens, qui vivaient jusqu'alors en bonne intelligence avec les fellahs des douars voisins ? Qui se souvient de cette petite fille de 8 ans que des fanatiques drogués au cannabis ont clouée sur la porte d'entrée de la ferme de ses parents tandis que tous les siens agonisent dans leur sang, leurs viscères éparpillés sur le carrelage des chambres, et leurs ventres bourrés de paille ? C'était une soirée comme toutes les autres, harassantes de soleil, les familles d'El Halliah avaient bien travaillé aux champs, elles avaient dîné en famille et s'apprêtaient à se coucher quand des hordes de villageois arabes, excitées par les youyous des femmes, forcent les portes et commencent à massacrer tous ceux qu'ils voient, femmes, vieillards, enfants. Ils émasculent les hommes, plantent leur sexe dans la bouche, violent leurs femmes et leurs filles, les égorgent, fracassent les crânes des nourrissons, et s'enfuient dans la nuit... A-t-on entendu alors un seul instant les poètes et les écrivains français, si prompts d'ordinaire à défendre la cause révolutionnaire, s'élever contre les tragédies indignes et barbares d'El Halliah, de Melouza ?

Seul Mouloud Feraoun, pourtant peu suspect de collusion avec le colonialisme, écrivit alors : « Les massacres de Melouza, hélas ! Une honte, un acte imbécile par quoi tout un peuple se condamne et découvre avec impudence sa barbarie. Désormais, au nom de quoi pourront parler ceux qui en ont assumé la responsabilité ? Aucune excuse ne séchera les larmes des enfants ni ne fera disparaître des yeux hagards des femmes l'indicible épouvante qu'une nuit infernale y a imprimée pour toujours. » De même Jacques Soustelle, délégué général du gouvernement français, se rend au village minier d'El Halliah. Il en ressort bouleversé et rapporte : « Les cadavres jonchaient les rues. Des terroristes hébétés, demeuraient accroupis sous la garde de soldats... Alignés sur des lits, dans des appartements dévastés, les morts, égorgés et mutilés (dont une fillette de quatre jours), offraient le spectacle de leurs plaies affreuses. Le sang avait giclé partout. Maculant ces humbles intérieurs, les photos pendues aux murs, les meubles provinciaux, toutes les pauvres richesses de ces colons sans fortune. À l'hôpital de Constantine, des femmes, des garçonnets, des fillettes de quelques années, gémissaient dans leur fièvre et leurs cauchemars, des doigts sectionnés, la gorge à moitié tranchée. Et la gaieté claire du soleil d'août planant avec indifférence sur toutes ces horreurs les rendait encore plus cruelles. »

Mis à part ces quelques témoignages et ceux, laissés pour compte, de rares témoins, le massacre est occulté. Mais ce que le FLN voulait, la guerre totale, le fossé infranchissable entre les deux communautés, se réalise. La vengeance embrase les villageois des alentours, tous les pieds-noirs, les nouvelles parviennent dans les villes, parcimonieusement, puis le bouche-à-oreille livre des détails horribles, des photos commencent à circuler. L'État français est obligé de riposter. La répression sera tout aussi terrible. Disproportionnée d'un certain côté (1 273 Algériens assassinés par la soldatesque française selon ses sources, 12 000 selon le FLN et 20 000 selon des historiens, sans compter les villages rasés et le bétail détruit !), mais le massacre inaugural était si symbolique qu'il fallait en passer, aux yeux de l'armée, par toute cette répression pour le venger. L'engrenage fatal est en place : cela n'avait plus qu'à continuer, avec la même régularité de métronome, dix meurtres pour un seul, puis cent meurtres pour dix, etc., jusqu'à l'embrasement final.

On avait inauguré la guerre avec les massacres de Relizane de la Toussaint 1954. On l'avait close avec ceux d'Oran, le 5 juillet 1962. La nouvelle nous est parvenue avec un peu de retard mais ne nous a pas étonnés. Qu'attendre en effet d'une foule électrisée par l'Indépendance, livrée à une exaltation dont nous savions qu'elle ne pouvait reposer en réalité que sur des instincts mortifères et violents ? En dépit des accords d'Évian, piétinés et violés ostensiblement, près de 3 000 Français (le chiffre est incertain encore) qui restaient encore à Oran furent massacrés comme si la victoire devait s'accompagner d'une telle barbarie, d'une telle sauvagerie. Qui se souvient là encore de la terreur des nôtres quand ils virent converger vers eux une foule déterminée, hurlante et menaçante, décidée à tuer tous les Français qu'ils croiseraient ? Qui s'en souvient ? Qui ? Quels sentiments mêlés devaient agiter les soldats français consignés dans leur garnison et qui, alertés, ne purent venir au secours de leurs compatriotes sur ordre de leurs supérieurs ?

C'est un jour pas comme les autres, parcouru par des vagues de youyous comme jamais le pays n'en entendit retentir. Des youyous qui submergent la ville, la couvrent d'un roulement strident, terrifiant, irrésistible. Les Français, calfeutrés dans leurs appartements, entendent la vague immense déferler dans les quartiers européens, envahir les rues et les boulevards. Des manifestants s'approchent de la place Foch. Une foule compacte, très énervée, menaçante, et le plus souvent armée. Soudain un coup de feu éclate. Il est onze heures et quart du matin. La journée est belle, des drapeaux algériens flottent partout. Le massacre commence. Des éléments, toujours appelés dans ces cas-là « incontrôlés », entraînent la foule dans les quartiers français, et pourchassent tout Européen qui a pu se hasarder dans les rues. Des corps tombent, sous le feu des balles, sous le coup des lames, les meurtriers se livrent à des exactions atroces : pendaisons à des crocs de boucher, énucléations, éventrations, amputations, ils jettent les cadavres dans des poubelles ou bien les brûlent. Ils montent dans les étages des immeubles, fracassent les portes d'entrée, tirent dans les rues les hommes, les femmes et les lynchent, ils entrent dans les magasins, dans les restaurants, abattent tous les Français qu'ils croisent ou qu'ils repèrent. Les tueurs sont en uniforme, mais sont-ils vraiment de la force armée de l'exécutif provisoire algérien ? Sont-ils des pillards, des repris de justice, des malades, des tueurs, comme lorsque les révolutionnaires, pendant la Terreur, avaient fait s'évader des prisons de Marseille des assassins avides de sang ? On voit cependant des Algériens tenter de sauver des Français mais ils sont tués à leur tour, alors on laisse faire, la tuerie dure plus de six heures.

Le général Katz, qui commande les troupes françaises encore présentes à Oran, téléphone aussitôt au général de Gaulle, qui, selon Peyrefitte, son ministre, répliquera : « Ne bougez pas, dit-il, si les gens s'entremassacrent, ce sera l'affaire des nouvelles autorités, pas la nôtre. » Katz interdit donc à ses soldats d'intervenir. Il se passe ainsi une chose extraordinaire, inconcevable : des Français sont tués par centaines sous les yeux impassibles des soldats français... Des fanatiques habillés en militaires raflent des centaines de gens, qui sont abattus dans les camions, ceux qui restent sont emmenés dans les quartiers arabes. On n'aura plus jamais de nouvelles d'eux. Portés disparus, ils seront faits, dit-on, « esclaves » dans des mines ou jetés dans des maisons de prostitution. Pire encore : vidés, vivants, de leur sang pour le transfuser sur des combattants malades !

Le lendemain, Oran est une ville morte. Un silence règne, tragique, atroce. La chaleur est grande, les cadavres jonchent les rues, on les ramasse et on les recouvre de chaux vive avant de les jeter pêle-mêle dans le Petit Lac...

En France, quand on apprend ces nouvelles terribles, on n'est même pas étonné. On a pris l'habitude de vivre avec de tels drames. On peut même dire que l'on s'y est habitué avec une facilité presque déconcertante. Mais ce phénomène ne semble pas propre à nous. Tous ceux qui avaient vécu des internements, des exodes, des déportations, des relégations témoignèrent qu'il y a une accoutumance au malheur, qui finalement, du fait même de sa fréquence et de sa permanence, devient banal. La splendeur du pays, dont Jacques Soustelle, célébrait la « lumière indifférente », pouvait servir de grâce providentielle, semblait dotée de vertus compensatoires. Mais seuls ceux qui l'avaient connue savent qu'elle peut dissimuler d'autres reflets, plus funèbres, plus tragiques. On en avait la certitude.

La peinture par exemple. Il fut un temps où Alger était un centre d'art extrêmement prolifique et créateur. Tous les peintres de France et d'Europe venaient y capter sa lumière et saisir la beauté de sa rade, de son port, de ses collines. De Marquet à Dufy, de Matisse à Derain, sans compter les artistes de l'école d'Alger, tous peignaient la profusion de la ville, la beauté de sa végétation, la blancheur des amandiers, les éclats de sang des bougainvilliers. C'était toujours Alger sous le soleil. Mais avec la guerre et l'ampleur des combats, la ville devint plus crépusculaire. Les peintres ne pouvaient plus exalter cette beauté sauvage que Camus chantait dans *Noces*, dans les années trente. Il avait bien perçu lui-même ce changement de statut que la guerre avait fait opérer sur les lieux. Dans *L'Été*, qui est pour ainsi dire une suite au récit de jeunesse *Noces*, Camus prévient du changement cruel qui s'est passé, Alger en effet devint plus tendue, plus sur ses gardes. Moins de gens flânant dans les rues et sur les places, quelque chose de l'enfance qui semblait s'en être allé. Comment peindre ce qui disparaissait ? La Casbah dans sa blancheur légendaire jetait des reflets de lame, durs et vibrants. Les murs recouverts de bougainvilliers semblaient tachés de sang. Les petits porteurs et les petits cireurs des avenues commerçantes avaient disparu, comme par enchantement. Ils étaient devenus passeurs, guetteurs, porteurs de bombes, payés par l'armée révolutionnaire…

On ne retrouvait plus cette Algérie d'autrefois, ce qui la caractérisait vraiment, la générosité, la fécondité, l'abondance des dons, l'incarnation de la vie même, la force de ses flux qui affleuraient à tout ce qui était visible. Il y avait depuis la guerre sans merci que se menaient la France, le FLN et l'OAS, quelque chose dans l'air qui était scellé comme un poing fermé. Et la sensation étrangère d'une attente qui semblait planer, redoutable et menaçante. À ces moments-là, la mer n'accueillait plus aucun baigneur. La surface de l'eau brillait d'un reflet d'argent, froid et métallique. Elle semblait hostile, rien à voir avec les heures enchantées passées à se baigner, sans même nager, pour avoir seulement cette sensation jouissive, charnelle de l'eau tiède sur soi qui nous enveloppait. Heures propices à la contemplation ! C'était un temps suspendu, nous ne demandions rien d'autre que ces instants-là, on disait un peu grandiloquents, toujours excessifs : « C'est l'éternité ! »

L'été français se poursuit pour nous dans ce climat d'anxiété et de solitude morale. Certains croient y échapper en quittant la France pour rejoindre la Costa Brava ou les Canaries, éprouver ainsi ne serait-ce qu'un été encore la réverbération des étés algériens au ciel si franchement bleu, à la densité si claire et la fraîcheur des brises marines. D'autres plus prudents ou plus fatigués explorent la France, cherchent un endroit où se poser ou bien passer le plus inaperçus possible. Où refaire leur vie. Ils n'en ont à vrai dire aucune idée, guidés la plupart du temps par de lointains membres de leur famille : l'éternelle quête du foyer. Mais l'exil a ceci de commun que les lieux deviennent indifférents à l'exilé… Ici ou là, qu'importe puisque le sel de leur terre, l'or qui y coulait n'existent plus, balayés par l'histoire.

Des nouvelles de l'Algérie, ils en ont par intermittences. Certains ne veulent plus en entendre parler, et commencent le lent travail d'enfouissement, ils cherchent à rayer de leur mémoire tout leur passé mais en vain, car il revient par à-coups. Insistant, obsédant. Les exactions perpétrées un peu partout, mais surtout à Oran, durant les fêtes de l'Indépendance, à l'encontre des rares Français qui n'étaient pas encore partis ou entendaient rester là malgré les conseils des autorités françaises, achevèrent de les déprimer. Les discrètes informations qui circulèrent rendent à peine compte des actes barbares qui ne seront jamais punis, le nouveau pouvoir algérien minimisant les chiffres ou mettant ces meurtres sur le compte de l'exaltation populaire, trop longtemps muselée et qui enfin pouvait s'exprimer. Étrange rappel des massacres de 1792 : a-t-on vu en 1989, pour le bicentenaire de la Révolution, des voix s'élever pour dénoncer la Terreur ?

Les Français, en cet été 1962, sont lassés de cette guerre et veulent l'oublier. Les jeunes n'ont aucune compassion pour ceux de leur âge qui arrivent en France, tout occupés qu'ils sont à lire *Salut les copains*, dont le premier numéro est publié le jour de l'Indépendance ! Claude François devient l'idole de toute une génération. Son tube, « Cette année-là », est sur toutes les lèvres, la folle tournée des Beatles, la première transmission télévisée entre la France et l'Amérique, la vague yé-yé masquent la défaite, effacent la nouvelle du lynchage des pieds-noirs à Oran, l'inaction du général Katz, l'exécution hâtive de Roger Degueldre, au fort d'Ivry. Mais la présence des pieds-noirs pique à vif leur sourde culpabilité, leur lâcheté et leur égoïsme. « Qu'ils se taisent donc ! » comme de Gaulle avait dit : « Qu'ils souffrent donc ! » Nous nous taisons donc et nous souffrons.

Je finis sous des cieux plus pâles, dans tous ces errements, la lecture du livre entamé sur le paquebot. Je retrouve dans Frédéric Moreau, le héros de *L'Éducation sentimentale*, des accents communs, quelque chose d'indéfinissable qui me dit que tout va à l'eau, tout part à la mer et y revient, que rien ne peut être retenu et que tout doit un jour passer, comme le vent. Et que c'est cela peut-être, la vie, cette fuite des choses, cet en-allé désespérant et douloureux que rien n'arrête et qui laisse dans la bouche l'amère saveur du souvenir. Ainsi rien ne me paraît alors plus juste que le bilan qu'avait établi Frédéric après tant d'illusoires espérances : « Il voyagea. Il connut la mélancolie des paquebots, les froids réveils sous la tente, l'étourdissement des paysages et des ruines, l'amertume des sympathies interrompues. Il revint. Il fréquenta le monde, et il eut d'autres amours encore. Mais le souvenir continuel du premier les lui rendait insipides. »

Je crains sur le coup ce même constat démoralisé. Mais j'en appelle à l'énergie créatrice de mes ancêtres, à leur vigueur morale et à leur sincérité originelle, à leur force de bâtisseurs et à leur goût de la vie qu'ils avaient opposé à la violence d'une terre ingrate au départ et sauvage et qui s'était, sous leurs mains, éveillée à la grâce et transformée en terre fertile et odorante pour qu'ils me donnent cette force et cette énergie. Non, je ne serai pas Frédéric Moreau, même si je sais, dès le début de cet exil, qu'il faudra conjurer en permanence les relents de l'amertume et de la colère. Albert Camus m'a appris cela : entrer dans la vie par l'admiration et jamais par le ressentiment.

La perte de l'Algérie doit pourtant se manifester d'une manière ou d'une autre. Par le désir de se surpasser et de retrouver les flux créateurs du pays perdu. Je devins ainsi, fidèle à ma promesse faite sur le bateau, un professeur de lettres au lycée puis de littérature à l'université, avec la volonté affichée d'enseigner les grands écrivains français, d'apprendre, moi le petit garçon de Bab-el-Oued, une langue qui m'était maternelle et dont les Français de métropole nous déniaient l'usage et la légitimité. Il me parut que la revanche serait belle. Je voulus ensuite écrire des livres. Le hasard toujours organisé me fit rencontrer des êtres magnifiques, des écrivains et des artistes splendides qui rayonnaient sur le monde de la littérature et des arts, de Marguerite Duras, mon maître, au poète Guillevic, d'André Pieyre de Mandiargues et de sa femme, Bona, à Michel Leiris, de Dalí et Gala à Léonor

Fini, de Sagan à Balthus, et la liste était longue et qui, tous, me prirent en affection et me protégèrent. J'appris d'eux qu'ils étaient eux aussi en exil, d'une enfance ou d'un pays, d'un être cher ou d'une patrie imaginaire... Et peu à peu et très tôt, à peine quelques années après l'exode de 1962, les forces vives d'une enfance somme toute heureuse et le souffle dont elles me dotaient me redonnaient les moyens de vivre et de créer. « Tout mur est une porte », disait le poète américain Emerson. Il avait raison. L'exil nous donne une force et un savoir en plus. À l'intolérance et l'inhospitalité, nous apprîmes à opposer des forces intérieures, spirituelles et naïves qui nous permirent de poursuivre le chemin de la vie.

Quand je naquis, l'on me rapporta plus tard que, dans mes premiers jours, je faillis mourir de déshydratation. C'était en juillet, au cœur de l'été algérois. Ma grand-mère qui était sage-femme tenta un traitement audacieux : elle m'injecta des piqûres d'eau de mer. Je repris ainsi des forces et je crois encore aujourd'hui que l'eau de mer dans mes veines, jadis, me sauva la vie. L'exil d'une autre manière serait dompté, je le savais aussi, par tous ces flux vitaux que j'avais acquis là-bas et qui me portaient aujourd'hui. Mes compatriotes d'infortune aussi n'ignoraient pas ces apports puissants de vie et d'énergie. Ils feraient le dos rond face aux brimades et aux injures, ils accepteraient des traitements inférieurs à leurs qualifications et des logements modestes, ils renonceraient même à vivre désormais dans des régions ensoleillées, certains achèteraient des terres ingrates, sûrs que jamais la perte de leurs biens en Algérie ne leur serait dédommagée. De tout cela, ils en feraient leur deuil. Sauf de cette mémoire qui, jamais, ne céderait. Cela, c'était la promesse essentielle. Celle qu'ils avaient déjà faite sur le pont du bateau.

Des années passèrent, comme l'écrit aussi Gustave Flaubert à la fin de son roman. Le temps crut qu'il pourrait tout absorber, les haines comme les désillusions, les morts et les lieux d'un pays que nous avions façonné de nos mains. Mais ce que disait aussi la chanson de Léo Ferré, « avec le temps va, tout s'en va… », n'était pas tout à fait exact. Avec le temps va, rien ne s'en va. Les brûlures de la guerre ne se sont pas effacées. Les regrets, les désenchantements, la nostalgie, l'émerveillement, la déception, les remords, les souvenirs, les intolérances, tout est resté intact, accru même par la mondialisation, les avancées technologiques, les réseaux sociaux, Internet… D'une rive à l'autre, le contentieux n'est pas clos.

De Gaulle croyait avoir réglé le problème avec les accords d'Évian. Hélas ! non seulement ils ne furent jamais intégralement respectés, mais les revendications continuent à se manifester. D'une rive à l'autre, chacun subit encore les morsures de la guerre, et n'a pas fait le deuil d'une mémoire qui a été si longtemps outragée qu'il lui faudra encore quelques générations pour qu'elle s'apaise et que commence enfin le vrai travail de reconstruction. Sur la rive européenne, les pieds-noirs ont certes fait la preuve éclatante de leur capacité à renaître. Peuple pionnier, il a réussi à reprendre pied, quand tout le pays le donnait perdant, l'avait lâché et le traitait de manière méprisante. Il a fait comme ses ancêtres : de la colonie, il a appris surtout que la valeur du travail est essentielle. Travailleur acharné quand la France croyait ou feignait de croire qu'il n'était qu'un exploiteur, il a racheté des terres, conquis des provinces, restauré des propriétés dont les Français ne voulaient plus. Peuple terrien, il a semé, labouré à l'ancienne comme il a initié de nouvelles méthodes, il a planté des hectares de vignes, de maïs, créé des orangeraies, inauguré des cultures audacieuses. Les fonctionnaires se sont coulés dans les codes et les usages administratifs sans hiatus et sans heurts. Eux que l'on croyait rebelles et tonitruants se sont au contraire effacés parce qu'ils connaissaient de leurs pères l'art de recommencer. Mais le souvenir des années algériennes n'a jamais disparu. Cinquante années après la fin de la guerre, il ne s'est pas une seule fois altéré. Ce que ce peuple a vécu, enduré, au-delà du tolérable, dans le plus pur mépris de la nation, rejeté par les élites, les classes moyennes, les classes ouvrières, serait inconcevable aujourd'hui quand le pays entier s'indigne du sort réservé à un seul immigré en situation irrégulière renvoyé dans son pays par avion… De sorte que, plus encore que la repentance exigée avec impudence et constance par les autorités algériennes, ce peuple dispersé, assimilé d'une certaine manière, serait plutôt bien inspiré de réclamer à son égard une repentance de l'État français. De la droite gaulliste alors au pouvoir à la gauche, il a été la cible de toutes les attaques alors qu'il était français, plus amoureux de la France que bien d'autres…

Certes quand les pouvoirs politiques de tous bords comprirent qu'il pourrait former un lobby électoral conséquent et non négligeable, ils se sont mis dans les années soixante-dix à le flatter, à feindre de le reconnaître. Ne manquèrent alors ni les discours ni les stèles commémorant ses morts. On créa au gré des nouveaux présidents un ministère spécialement pour lui, on amnistia les soldats « perdus », on inaugura des musées, on célébra son dynamisme, sa jovialité et son courage. On palabra durant des septennats entiers de la façon dont on pourrait indemniser ses biens perdus. Il y eut des discours ronflants et graves à la fois pour dénoncer les injustices dont il fut victime. Bref, on tenta de retendre le tissu social, comme l'on dit aujourd'hui, on s'appliqua à maquiller les sutures… Les pieds-noirs furent un peu flattés de l'attention toute particulière qu'on leur prêtait désormais. Mais au fond d'eux-mêmes, restent toujours l'amertume du retour et la douleur du déracinement. Comment évacuer les mensonges et les trahisons ? Quel travail intérieur, spirituel faudra-t-il qu'ils fassent pour simplement pardonner ?

Car il fut dit tout et son contraire, on entendit des discours et des déclarations solennelles et martiales pour affirmer que l'Algérie était et resterait française. De la droite à la gauche, cela fut dit et proclamé. Exhumer de leur nuit d'archives ces documents serait presque comique si ces paroles inconséquentes n'avaient abusé un peuple entier et causé tant de malheurs et de souffrances. Le 7 novembre 1954, François Mitterrand déclare : « L'Algérie, c'est la France. Et la France ne reconnaîtra pas chez elle d'autre autorité que la sienne ! » ; cinq jours plus tard, il assène à l'Assemblée nationale : « L'Algérie, c'est la France. Et qui d'entre vous, mesdames et messieurs, hésiterait à employer tous les moyens pour préserver la France ? La répression sera fermement menée... Nous agirons sans hésitation, ni atermoiements, ni demi-mesures... On ne transige pas quand il s'agit de maintenir l'unité et l'intégrité de la nation. L'Algérie fait partie intégrante de la France. » Jacques Chaban-Delmas affirme : « Séparer l'Algérie de la France est impensable » (26 avril 1956), Guy Mollet rajoute, la même année : « Le gouvernement luttera pour que la France reste en Algérie. »

Mais les sutures ont cela de particulier qu'elles sont indélébiles : le temps ni personne ne pourront les effacer réellement. De sorte que demeure toujours vivace, à fleur de peau et de cœur, la mémoire d'un bonheur et d'un malheur. Mémoire d'images des jours nimbés d'or dans la grâce d'un pays qui était encore neuf et de celles de ses nuits rayées des lueurs des bombes au plastic et des lames tranchantes. On raviva ces sutures mal cicatrisées en condamnant dans sa globalité la colonisation en Algérie. En ne lui concédant aucun « rôle positif », comme en témoigna le débat agité suscité à l'initiative du gouvernement de Jacques Chirac. Les progressistes montèrent au créneau, associations militantes et le plus souvent partisanes, élites culturelles, gaullistes historiques, chrétiens dits « de progrès », altermondialistes qui rêvent du grand et unique village planétaire et prônent l'idéologie du « soluble » que Saint-Exupéry et même Camus dénonçaient déjà comme étant un humanisme dévoyé : tous ceux qui avaient œuvré à l'indépendance algérienne, fait le procès de ceux qui s'y étaient opposés ou l'avaient critiquée, tous ceux qui s'étaient indignés devant les actes de guerre que l'armée française avait perpétrés et que les Français d'Algérie n'avaient pas à leurs yeux suffisamment condamnés. Ils avaient déploré, ceux-là, les meurtres, les tortures infligées aux Algériens, mais n'avaient pas versé une seule larme devant ceux que les mêmes Algériens avaient commis.

S'il faut dire avec fermeté que la décolonisation est un processus majeur, inévitable et, répétons-le, juste, et que les peuples ont ce droit absolu de disposer d'eux-mêmes, faut-il pour autant n'accorder à son passé qu'un rôle négatif et destructeur ? Faut-il se renier à ce point ? Le bachaga Boualem raconta à sa manière, de conteur-taleb et de patriarche, la naissance de l'Algérie : « Notre histoire commence en 1845, dit-il. En 1830, en cette terre d'Afrique du Nord, c'est le chaos : deux millions d'esclaves rançonnés par des pillards féodaux, rongés par la syphilis, le trachome, le choléra, la malaria ; des déserts, des marais pestilentiels, plus rien de ce qui avait été la paix romaine. » La colonisation française eut au moins cet avantage-là de transformer en quelques décennies ce chaos en terres labourées et cultivées. À la place des marais, des vergers, des vignes, du blé, des cultures maraîchères, des champs d'alfa à perte de vue. A la place de l'esclavage institué, des hommes redevenus libres. Pour enrayer les épidémies, une politique de santé immense, hôpitaux, dispensaires dans les douars où se pressaient en foule les indigènes. Une scolarisation, une alphabétisation systématiques. Des voies de communication modernes. L'intérieur des terres pacifié : plus jamais de ces tribus nomades toujours en guerre, de ces terres de non-droit, livrées aux rapts, aux vols, aux pires tortures… Fin de partie aussi pour ces pirates des mers rançonnant les galions, réquisitionnant leurs biens, raflant leurs équipages, organisant des razzias sur les côtes occidentales, et traînant des enfants et des femmes jusqu'au marché aux esclaves d'Alger. Car il ne faut jamais perdre de vue l'esclavage organisé, mis en scène dans le port d'Alger par les Ottomans, plus important encore que celui entrepris par les pays occidentaux à l'encontre des Africains. Et la mer Méditerranée rendue à sa vocation de *mare nostrum*, mère accueillante qui crée des liens entre ses multiples rivages, débarrassée des dangers de la « course » orchestrée par les Turcs. Il nous semblait quand même que nous avions notre part dans ces progrès, dans ces avancées modernes et nous en étions fiers.

Mais il est vrai aussi que tout cet essor et aussi cette bienveillance le plus souvent délivrée aux indigènes étaient finalement fondés sur des idées fausses. Le concept même de colonisation porte sans doute en lui les germes de l'injustice et de la frustration. Les élans libertaires des peuples ne peuvent être trop longtemps jugulés et l'aspiration à l'indépendance est un désir violent et légitime. Sans doute encore, à côté des incontestables progrès que la France a su apporter à cette Algérie qu'elle a conquise, et qui était à l'état quasi sauvage, sans unité entre ses fractions tribales qui se faisaient sans cesse la guerre, livrée aux dérèglements climatiques, aux épidémies et à des taux de mortalité considérables, domptée par des Ottomans implacables et veules, n'a-t-elle pas mesuré cette volonté d'avenir qui était sous-jacente au peuple indigène. Peut-être même que la période coloniale fut celle de la prise de conscience ultime, la crise finale d'un peuple épars et majoritairement sous-développé qui prenait enfin conscience de sa singularité, de son identité, et que cette période aida à l'émergence d'une élite intellectuelle et combattante qui entraîna le peuple « arabe » dans la révolution. Tout cela est explicable et compréhensible.

Fallut-il cependant entretenir des mensonges, échafauder des trahisons, établir des stratégies contre ceux-là mêmes qui avaient « fait » le pays, c'est-à-dire les pieds-noirs ? Fallait-il les sacrifier sur l'autel des révolutionnaires, qui d'ailleurs n'en demandaient pas autant ? Un peu comme les nazis furent étonnés de voir que l'État français leur livrait la population juive plus qu'ils n'en réclamaient ? Il y eut un temps des solutions plus dignes pour les Français de là-bas. Des solutions qui auraient pu contribuer à construire un État neuf, brassé de tout ce que l'Algérie avait pu accueillir de populations immigrées, venues sur ses côtes pour s'y établir. Car, entre Français d'Algérie et indigènes, ce ne fut pas toujours la guerre. Comment pourrait-on alors expliquer la joie avec laquelle les Algériens les reçoivent aujourd'hui ? Comment expliquer la manière dont ils les accueillent dans leurs anciennes maisons, leur préparent des plats traditionnels, comment interpréter ces retrouvailles toujours embuées de larmes et de rires ?

Visitant Constantine en octobre 2007, le président français fraîchement élu, Nicolas Sarkozy, prit soin de nuancer la posture consensuelle édictée depuis l'Indépendance : faisant allusion aux massacres perpétrés de part et d'autre dans le Constantinois en 1955, il rappela que « les pierres de Constantine se souviennent encore de cette journée terrible du 20 août 1955 où chacun fit couler le sang pour la cause qui lui semblait la plus juste et la plus légitime. » Cette violence qui se répandit comme une lame de fond, il l'attribue à « l'injustice que depuis plus de deux cents ans, le système colonial avait infligée au peuple algérien. L'injustice, dit-il, attise toujours la violence et la haine. Beaucoup de ceux qui étaient venus s'installer en Algérie, je veux vous le dire, étaient de bonne volonté et de bonne foi. Ils étaient venus pour travailler et pour construire, sans l'intention d'asservir ni d'exploiter personne. Mais le système colonial était injuste par nature et le système colonial ne pouvait être vécu autrement que comme une entreprise d'asservissement et d'exploitation ».

Frantz Fanon avait déjà annoncé ce déferlement de violence dans une de ses analyses : « La violence, écrit-il, qui a présidé à l'arrangement du monde colonial, qui a rythmé inlassablement la destruction des formes sociales indigènes, démoli sans restrictions les systèmes de références de l'économie, les modes d'apparence, d'habillement, sera revendiquée et assumée par le colonisé au moment où décidant d'être l'histoire en actes, la masse colonisée s'engouffrera dans les villes interdites. » La menace est sans aucun doute excessive et presque traitée en poète engagé. Mais l'analyse ne dit pas toute la vérité : 80 % des enfants indigènes étaient scolarisés, les mœurs locales et ancestrales n'ont jamais été altérées ni proscrites, les moyens de communication étaient communs, les systèmes économiques étaient, on l'a dit, avant l'arrivée des Français, inexistants ou fondés sur une violence tribale ou une autorité implacable ottomane, le territoire était encore une fois sans organisation, livré à des usages médiévaux. La colonisation eut au moins cela de positif d'avoir détruit tous les repères barbaresques, anéanti leur présence maritime, sécurisé le trafic commercial, libéré les esclaves, affranchi les tribus arabes. Là où le dernier bey de Constantine se targuait d'avoir, durant son règne, fait décapiter 12 000 prisonniers, la France a aidé les indigènes à se démettre du joug des violences tribales. La population, qui était alors décimée par des maladies infectieuses, s'élevait à un million de personnes. En cent trente ans, elle s'est élevée à dix millions, cette expansion démographique étant due surtout à des plans sanitaires extrêmement développés sur tout le territoire qui ont sauvé des milliers de vies humaines…

Cela n'oblitère néanmoins ni les brimades que beaucoup subirent, ni les inégalités de l'échelle sociale, ni les répressions violentes, ni les tortures. Mais cette violence faisait mûrir les deux communautés et pouvait paradoxalement amener à une possible unité. C'était la majeure partie du peuple indigène qui le croyait, manifestant une plus certaine confiance envers les Européens plutôt qu'envers ceux qui s'apprêtaient à organiser la révolution. Ce n'est en réalité que par la terreur subie de part et d'autre que la guerre fut gagnée par les indépendantistes et sur le territoire métropolitain surtout, où les forces progressistes, vent debout, ont structuré le mouvement et mené la bataille de l'opinion. Ce n'était pas sans dégâts collatéraux. Nous étions accessoirement ces dégâts…

On se demande cependant comment le peuple algérien peut s'exonérer des meurtres commis au nom de sa révolution, comment il peut justifier les actes de barbarie qui ont été commis, en particulier les quelque 3 000 morts lynchés et massacrés à Oran en juillet 1962, 5 000 avancent certaines sources, acte purement gratuit de vengeance et d'hystérie alors même que le pays était libéré et les milliers de « colons » tués dans les terres, surtout dans les premières années de la rébellion. Les plus raisonnables des Algériens pourront arguer que les assassins furent drogués, soumis eux-mêmes à des menaces pesant jusque sur leurs propres familles, il n'empêche qu'il reste cette tache indélébile d'enfants massacrés et éventrés que ne peut légitimer aucune entreprise d'indépendance nationale.

La France et beaucoup de ses élites intellectuelles acceptèrent ce constat avec une certaine indifférence dont il faudrait trouver peut-être la source dans sa culpabilité enfouie des actes criminels qui ont été conduits pendant la Terreur. La Révolution française et ses principes fondamentaux, sa Déclaration des droits de l'homme sont nés de la violence et reposent sur cette violence. Aucune justification intellectuelle ne saurait évacuer ce fait. Il en restera toujours une tache, un refoulé immense qui est encore palpable aujourd'hui. La terreur révolutionnaire continue à bas bruit sa route obscure. Elle est comme un boulet aux pieds des générations qui se sont succédé. Comme des gènes maudits qui continueraient à la manière des bacilles de la peste qui sommeillent dans les vieilles armoires, prêts à ressurgir, et dont parle Albert Camus dans son roman. Peut-être est-ce pour cela que les porteurs de valises et même certains évêques ne condamnèrent jamais directement les actes brutaux dont se sont rendus coupables les révolutionnaires algériens à l'encontre des Européens d'Algérie et des nombreux harkis toujours persécutés. Il pouvait y avoir cependant d'autres solutions. Comme disait déjà Camus en 1958, « après tout, Gandhi a prouvé qu'on pouvait lutter pour son peuple, et vaincre, sans cesser un seul jour de rester estimable »...

Les révolutionnaires algériens, et d'une certaine manière la France elle-même (pouvoir et oppositions de tous bords confondus), ont choisi d'autres manières, sachant qu'il y aurait forcément des victimes, des laissés-pour-compte, des oubliés de l'histoire, et que nous serions ceux-là... Les pieds-noirs n'avaient pas à l'époque les moyens de riposter, Camus, qui aurait pu les aider, avait disparu en 1960, avant les accords d'Évian, et de toute façon, après les événements de 1958, il s'était réfugié dans le silence, à la fois désespéré et « écœuré » de la tournure qu'ils avaient prise. Comment lutter par ailleurs contre une décision que le général de Gaulle avait décrétée en sous-main depuis longtemps déjà, peut-être même à l'issue de la Seconde Guerre mondiale ? On rapporte d'ailleurs à ce propos le verbatim extrêmement explicite qu'il aurait prononcé en 1946 : « La guerre mondiale n'est pas terminée. C'est une affaire en trois manches. La même guerre se poursuit depuis 1914. La seconde bataille de la guerre planétaire s'est déroulée de 1939 à 1945. Bientôt, ce sera la troisième phase : la France sera envahie, submergée. » Avait-il compris, considérant le formidable essor démographique des Algériens entre 1830 et 1961, passés de un à dix millions, qu'il était temps de se débarrasser d'une trop encombrante colonie, et redoutait-il le second essor, exponentiel, qui, de 1962 à 2010, a vu la population algérienne s'accroître de plus de 25 millions d'habitants, et qui, si l'Algérie était restée française, selon quelque improbable accord entre les parties, auraient pu en effet « submerger » la population française métropolitaine ? S'est-il résolu alors à lâcher l'Algérie pour éviter cet apport trop important qui aurait remis en question l'identité nationale de la France à laquelle il tenait tant ? Craignait-il vraiment que son fief de Colombey-les-Deux-Églises ne devienne, comme il l'avait dit, « Colombey-les-Deux-Mosquées » ? Toujours est-il que lâcher l'Algérie équivalait aussi à lâcher les Français qui y habitaient et à se résoudre à les recevoir dans la métropole avec la plus mauvaise grâce. Ce qui fut fait.

C'est pourquoi plus encore qu'aux Algériens, les Français d'Algérie en veulent au gouvernement français de l'époque et que, malgré toute la gloire dont la dernière guerre mondiale a auréolé de Gaulle, ils ne parviennent pas à lui pardonner. Le Général n'a pas cependant mesuré la ténacité et l'attachement des pieds-noirs à leur terre natale. En grand stratège de l'histoire, il n'a jamais envisagé les hommes, les citoyens, les liens affectifs noués entre eux, pour préférer des entités comme le peuple, les Français et bien sûr la France, perçue comme un mythe, une allégorie flamboyante dont l'histoire est jalonnée de grandes figures. Jeter en pâture les pieds-noirs à la violence des vainqueurs, c'était bien sûr les mépriser et les considérer comme subalternes dans le grand mouvement de l'histoire. Ulcéré par les désertions au sein de l'armée, dépité par les trahisons des généraux, déjà alerté en 1940 par celle du maréchal Pétain, et voyant que les pieds-noirs s'étaient jetés dans les bras de ceux-là seuls qui leur étaient apparus capables de les sauver, autant dire les soldats de l'OAS, il les a amalgamés à l'Armée secrète jusqu'à les désigner comme des « virus » dangereux, aptes à porter le mal en France. Il était facile alors pour certains ministres de la République de déclarer tout de go et sans gêne, par démagogie et par esprit de courtisanerie, qu'il fallait à tout prix éviter que la jeunesse pied-noir se mêle à celle de France. Nous étions en quelque sorte insolubles. À part.

Nous vîmes clairement que la France voulait liquider le problème algérien, passer à autre chose, être enfin soldée de tout compte. Il y avait dans cette nouvelle décennie à venir tant de nouvelles choses à concevoir, tant de projets à l'horizon ! Fallait-il encore traîner ce boulet des rapatriés ? Tout cela, on le comprit. On s'y adapta. On ne lâcha jamais prise cependant mais on se souvient en souriant de tous ceux qui nous ont méprisés. On dit que le temps a des ailes légères et qu'il faut pardonner... Du moins on fait croire cela. Comment agir autrement quand les fameuses sutures font toujours mal ?

Cinquante années après, nous avons tous vieilli. Notre perception du monde a changé. Nous avons vu et assimilé mille et une choses. Nous avons compris, comme le disait déjà le roi David dans ses psaumes, que tout est fugace et livré au vent, et que tout est vanité. On s'est endurcis et caparaçonnés de certitudes pour ne pas être à nouveau blessés. Mais rien n'y a fait. Le son des *laouneds* nous arrache toujours des larmes et les photographies jaunies de la terre natale nous rappellent ce qui reste du temps ancien, malgré les horreurs de la guerre : une forme du bonheur. L'Algérie, la nôtre, n'existe donc plus. Un demi-siècle de gestion aléatoire, de corruption et d'incompétence l'a rendue sûrement méconnaissable au regard de ce qu'elle était en 1962 : une province française prospère dotée de capitales dignes des plus grandes villes de France. Alger ressemble à une capitale défaite, comparable au Caire, délabrée, détruite, hétérogène et cependant par endroits encore, sublime de beauté mortelle, une ville romanesque. Plus de vergers prospères ni de vignes entretenues, plus de ces roseraies qui faisaient notre fierté. Tous les besoins alimentaires de la population sont quasiment importés. Coupures d'eau, de gaz, d'électricité sont le lot quotidien des Algériens. Des écrivains ont rapporté ces faits, ils clament tous leur colère et leur dépit devant tant d'erreurs commises et devant si peu de dialogue démocratique, même si le pays s'appelle pompeusement « République algérienne démocratique et populaire » !

On pense non sans émotion à ceux que leur désir de liberté et de vraie indépendance, c'est-à-dire politique, spirituelle, morale, a conduits à la mort : Tahar Djaout en premier lieu, le poète si doux, si sensible qui fut abattu, le 4 juin 1993, durant la terreur islamiste, en plein cœur d'Alger, et à d'autres encore que la guerre civile n'a pas épargnés. On pense à tous ces jeunes adossés aux murs des immeubles du front de mer et regardant inlassablement l'horizon, espérant tôt ou tard, d'une manière ou d'une autre, rejoindre enfin… la France ! On pense à tous ces intellectuels, à tous ceux qui se sont exilés et professent partout en Europe. À toute cette diaspora désabusée et écœurée qui ne parvient pas cependant à éradiquer de son cœur cette Algérie tant aimée. On pense encore à ces écrivains d'aujourd'hui bien vivants mais que le pouvoir a néanmoins à l'œil et qui ont le courage de dire la vérité des faits et qui, comme Boualem Sansal, n'ont pas la mémoire courte. Dans *Poste restante, Alger*, ouvrage interdit dans son pays, il écrit : « Le paradoxe est que de la France colonialiste, qui tient sa forme des Romains et son nom des Francs, nous avons gardé ce nom Algérie dont nous sommes si fiers, ces frontières intangibles dont nous sommes si jaloux, cette capitale, Alger, dont nous sommes si amoureux. On devrait un jour parler de ce que nous avons pris à ceux qui sont passés chez nous et dont la somme nous dit assez bien : le hammam des Romains, la cuisine des Turcs, la musique andalouse des juifs et leur art du négoce, l'islam et l'art équestre des Arabes, la gouaille des pieds-noirs, le goût des lettres des Français, et de ce que nous leur avons donné : ce goût de paradis qui a fait qu'ils ne voulaient plus repartir. »

Tout cela est bien dit. Sauf sur ce point, fort surprenant : Sansal ne mesurerait donc notre apport qu'à l'aune de notre gouaille alors même que nous avons donné aux Algériens un pays moderne, encore une fois « clés en main », fait à la force de nos bras. Et sauf encore sur cet autre point : ce « goût de paradis », si puissant qui nous revient sans cesse, ne nous a pas été donné par vous, cher Sansal et chers frères algériens, nous l'avons au contraire, dès notre venue sur cette terre, capté et ressenti durablement, et nous l'avons cultivé de toutes nos forces, quelquefois avec vous, et nous vous l'avons transmis, « bessif » certes, mais transmis quand même comme on transmet un héritage à faire fructifier afin que cette terre d'Algérie redevienne enfin ce qui, depuis les Romains, était en effet pressenti comme le lieu même du bonheur…

Cet ouvrage a été imprimé
en avril 2012 par

CPI

FIRMIN-DIDOT

27650 Mesnil-sur-l'Estrée
N° d'impression : 111076